Ullstein

## DAS BUCH

»Ich habe diese Erzählungen geschrieben, weil ich die Bauern liebte. Ich fühlte mich als Halbschwester, ich sah sie an, ich tanzte mit ihnen, ich half bei der Weinlese und (selten) bei der Heuernte; aber vor allem hörte ich ihnen zu. Es schien mir, daß ihr leidvolles Leben trotz allem das wahre Leben sei.«

Das bäuerliche Wallis und der geschlossene Schicksalsraum Dorf, die alles andere als eine heile Welt sind, bilden die Kulisse für S. Corinna Billes Geschichten, die auf wirklichen Begebenheiten beruhen. Die Menschen, von denen sie handeln, Einzelgänger, Trunkenbolde, Verrückte, Überzählige, sind zumeist ausgegrenzt und allein gelassen mit ihren Nöten, ihrer Verzweiflung. Und an der Frage, wie es soweit kommen konnte, entzündet sich dann ihre dichterische Vorstellungskraft.

## DIE AUTORIN

S. Corinna Bille (1912–1979) gehört zu den bedeutendsten Schweizer Autorinnen. Sie schrieb zahlreiche Novellen, für die sie 1975 mit dem Prix Goncourt ausgezeichnet wurde, sowie Romane. Auf deutsch erschienen sind auch der Roman »Theoda« und der Erzählband »Schwarze Erdbeeren«.

S. CORINNA BILLE

# *Ländlicher Schmerz*

Erzählungen

Aus dem Französischen von Elisabeth Dütsch
Mit einem Nachwort von Anne Cuneo

ULLSTEIN

Ullstein Buchverlage GmbH & Co. KG,
Berlin
Taschenbuchnummer: 24428

Ungekürzte Ausgabe
September 1998

Umschlaggestaltung:
Theodor Bayer-Eynck
unter Verwendung des Gemäldes »Mähende Bergbauern«
von Albin Egger-Lienz / Archiv für Kunst und Geschichte, Berlin

ISBN 3 548 24428 9

Gedruckt auf alterungsbeständigem Papier
mit chlorfrei gebleichtem Zellstoff

Die Deutsche Bibliothek – CIP-Einheitsaufnahme

**Bille, Stéphanie Corinna:**
Ländlicher Schmerz : Erzählungen / S. Corinna Bille. Aus dem Franz.
von Elisabeth Dütsch. Mit einem Nachw. von Anne Cuneo. –
Ungekürzte Ausg. – Berlin : Ullstein, 1998
(Ullstein-Buch ; Nr. 24428)
Einheitssacht.: Douleurs paysannes <dt.>
ISBN 3-548-24428-9

# INHALT

## Einführung

Unter dem Sammeltitel *Douleurs Paysannes* vereinigt die Westschweizer Erzählerin S. Corinna Bille (1912 bis 1979) fünfzehn Novellen und Kurzgeschichten, die unabhängig voneinander in ihrer ersten Schaffensperiode entstanden und 1953 erstmals zusammen veröffentlicht worden sind. Sie sind fast alle im älteren, bäuerlichen Wallis angesiedelt, das der Autorin noch vertraut ist aus ihrer eigenen Kindheit in Sierre und frühen Kuraufenthalten in Chandolin sowie aus den Erzählungen ihrer Mutter, die als Bauernkind in Corin aufgewachsen ist. Wir begegnen hier einer natur- und traditionsgebundenen Welt mit schlichten Lebensformen, denen die katholische Kirche verbindliche Maßstäbe setzt; es ist eine in sich geschlossene Welt – ein Dorf, ein Quartier wird zum Schicksalsraum –, aber es ist keine heile Welt. Corinna Bille tut alles, uns die Härten dieses Daseins bewußt zu machen. Da ist nichts zu spüren von nostalgischer Verklärung. Ihre besondere Liebe gilt den Einzelgängern, den Mißverstandenen, den Überzähligen, den Trunkenbolden, den Eifersüchtigen und Verzweifelten, die mit ihren Nöten bei den andern nicht auf Verständnis stoßen oder sie so lange verschweigen, bis es zur Katastrophe kommt.

Ausgangspunkt jeder einzelnen Geschichte ist eine wirkliche Begebenheit, die man der Erzählerin zugetragen, die

7

sie miterlebt oder in einer Zeitungsnotiz gelesen hat. Bei der bedrängenden Frage: Wie konnte es so weit kommen? setzt ihre Erfindungskraft ein und zieht in dichterischer Freiheit eine Schicksalskurve aus. Es geht also der Verfasserin nicht in erster Linie darum, soziale Mißstände aufzudecken, obschon etwa die Geschichte der alten »Agatha« im Kampf um die Verwirklichung der AHV als Beispiel angeführt worden ist und in der Geschichte »Der schwächste Schüler des Pfarrers« der Vorwurf der Lebensfeindlichkeit an die Adresse der Kirche nicht überhört werden kann. Aber was sie bewegt, ist doch immer das einzelne Menschenschicksal.

Freilich, nicht alle ihre Gestalten gehen zugrunde. Auch das Umgekehrte kommt vor: »Die Kranke« wird von ihrem rätselhaften Leiden schließlich geheilt, die Ausdauer der stillen jungen Winzerin in der »Weinlese« führt zum Ziel, und »Das Wunder« berichtet, wie eine abtrünnige Gemeinde zu ihrem kleinen Pfarrer in die Kirche zurückkehrt.

Der Leser dieser Geschichten erfährt beiläufig mancherlei volkskundlich Interessantes über das Leben im Wallis vor 1939. Dennoch hat er es nicht mit Heimatdichtung im landläufigen Sinn zu tun. (In diesem Zeitpunkt kann und will das Westschweizer Schrifttum nicht mehr hinter Ramuz zurück, der sich ja gegen diese Einstufung vehement gewehrt hat.) Zwar ist in diesen Erzählungen die Walliser Landschaft in ihrer großartigen Schroffheit immer gegenwärtig, aber sie ist nicht ausführlich und mit möglichst viel Lokalkolorit geschildert, sondern auf ihre großen Linien hin stilisiert. Strenge Handlungsführung, höchste Bildhaftigkeit im einzelnen und knappe Schlüsse zeigen uns Corinna Bille auf dem Weg zur Meisterschaft. Zwei der hier übersetzten Erzählungen, »La Sainte« *(Die Heilige)* und »Le Grand Tourment« *(Die große Qual),* sind mit einem Literaturpreis ausgezeichnet worden.

Elisabeth Dütsch

## Ländlicher Schmerz

*Dennoch tötet jeder, was er liebt, und
alle sollen es wissen: Die einen tun es
mit einem haßerfüllten Blick, andere mit
zärtlichen Worten, der Feige mit einem
Kuß, der Tapfere mit einem Schwert!*

Wilde

*für meinen Vater*

### Die Heilige

Ihre Augen waren kalt wie das Wasser und wechselten die Farbe wie das Wasser – je nach dem Grund, je nach dem Himmel ... Sie hatte viel zu langes rotes Haar: Bis auf die Füße fiel es ihr hinunter. Jeden Tag brauchte sie eine Stunde, um ihre Zöpfe zu flechten, aber sie weigerte sich, sie kürzer zu schneiden. Ihr Haarknoten sah nicht aus wie der von anderen Frauen; er war so groß und schwer, daß er den ganzen Nacken und den Ansatz der Schultern bedeckte. Sie hatte eine gerade Nase, reine Züge und eine so weiße Haut, daß sich jedermann darüber wunderte. Aber wer ihre schmalen, immer geschlossenen Lippen sah, bekam es mit der Angst zu tun.

So übermäßig lang wie ihr Haar war auch das Goms, wo ihr Dorf lag. Ein ganz schwarzes Dorf, dessen Häuser sich dicht aneinanderdrängten und mit Eichhörnchenaugen auf einen Berg starrten, der auch ganz schwarz wurde, wenn das Wetter umschlug.

Als kleines Mädchen hatte man sie »Irrwisch« genannt; jetzt getraute man sich nicht mehr und sagte »Flavie«, wie sie wirklich hieß. Aber auch jetzt noch wurde es heller, sobald sie die Dorfstraße herunterkam.

Jeden Morgen ging sie zur Messe. Der Gemeindepriester schätzte sie hoch und führte sie als Beispiel an. Sie hatte fünf Brüder und zwei Schwestern. Der älteste Bruder

11

war Missionar, der zweite Kartäuser, ein anderer Pfarrer im Unterwallis, der vierte Kapuziner, und der letzte studierte noch am Priesterseminar. Auch die beiden Schwestern waren geistlichen Standes. Die eine unterrichtete die Taubstummen im Kloster von Géronde, die andere lebte als Nonne im Kloster von Brig. Es hieß, Flavie habe sie alle dazu gedrängt, in einen Orden zu treten. Sie übte auf ihre Umgebung eine seltsame Macht aus. Es war eine solche Gewißheit in ihr, eine solche Willenskraft, gepaart mit einer großen Sanftmut: Da blieb einem nichts anderes übrig, als sich zu fügen.

»Und sie? Warum ist denn sie nicht Nonne geworden?« erkundigten sich die unbequemen Frager. Die einen antworteten: »Das verbietet ihre zarte Gesundheit.« Die andern: »Es ist gut, wenn auch die Laien eine Heilige bei sich haben.« Die bösen Zungen gaben zu verstehen: »So fällt ihr die ganze Erbschaft zu.« Sie blieb also daheim bei ihren schon betagten Eltern. Der Vater und zwei Knechte kümmerten sich um die Güter und das Vieh; die Mutter ging manchmal noch mit aufs Feld hinaus. Im übrigen besorgte sie die Küche. Flavie rührte kaum eine Arbeit an. Es wäre ihnen nicht in den Sinn gekommen, von ihr zu verlangen, daß sie auch Hand anlege. Erstaunlich bei Bauern: Sie begnügten sich mit Flavies Schönheit, ihrem Wissen, ihrer Tugend. Vielleicht erinnerten sie sich an die Geschichte von Maria und Martha.

An der Kirchweih tanzte sie nie. Sie war jedoch immer dabei, etwas abseits auf einer Anhöhe, von wo sie das Fest überblickte. Die jungen Leute hatten ihre Absagen satt und luden sie nicht mehr zum Tanzen ein. Um sie herum bildete sich eine Leere, als hätte sie einen Zauberkreis gezogen, und mitten drin stand sie unantastbar, sehr aufrecht, mit zusammengepreßten Lippen.

Die Männer sahen trotzdem zu ihr hinüber; das konnte sie ihnen nicht verwehren. Merkte sie es überhaupt? …

12

Während sie sich im Takte drehten, warfen sie ihr dann und wann einen fragenden Blick zu und vergaßen darob ihre Tänzerinnen. Einer vor allem sah sie an. Ein unbeholfener Junge mit Augen voll Zärtlichkeit, Germain. Schon lange liebte er sie und sprach mit keinem darüber.

Am Anfang macht einen die Liebe glücklich, auch wenn sie fast hoffnungslos ist. Das brennt heiß in Blut und Seele. Man kennt sich kaum mehr aus: Die Berge haben eine andere Färbung, der Himmel auch, und das Dorf fängt an, dem Paradies zu gleichen, weil sie darin wohnt. Und jedesmal wenn man ihr begegnet, ist es, als bekäme man ein schönes Bild geschenkt … Man verbirgt es sorgfältig im Herzen, um es später in aller Ruhe zu betrachten, wie man es in den Kindertagen mit den Bildchen machte, die einem ein herumziehender Kapuziner in die Hand drückte, und auf denen Engel zu sehen waren mit glänzenden Flügeln und Heilige in goldenen Gewändern. Aber bald merkt man, daß diese Liebe zu tief mitten im Herzen steckt, als daß man sie noch herausreißen könnte; dann ist sie kein Glück mehr, sie wird zur Qual. »Ah, wenn ich sie haben könnte, diese Frau, alle Tage, alle Nächte, ganz für mich!« Und diese Qual gibt einem ungeahnten Mut.

An der Kirchweih im April erkühnte sich Germain, Flavie um eine Polka zu bitten. An den Sonntagen und Festen war sie noch unnahbarer als gewöhnlich. An solchen Tagen schienen alle Frauen des Dorfes größer als sonst. Das machten ihre bebänderten Hüte aus – jeder ein kostbarer Turm –, die ihnen die Würde von Statuen verliehen.

Als die Dorfleute Germain auf Flavie zugehen sahen, waren sie höchst überrascht und gespannt; sogar die Musik fiel aus dem Takt. Die einen lachten: »Die bekommt er nicht.« Die andern bewunderten ihn: »Der hat wenigstens keine Angst vor ihr!« Justines Gesicht verdüsterte sich, denn Justine liebte Germain. Und als er mit Flavie zurückkam, staunten sie alle. Das Paar erklomm den Tanzboden.

Die Musikanten hielten einen Augenblick inne, dann legten sie los. Flavie, die sonst nie tanzte, war in Germains Armen geschmeidiger als ein Lärchenzweig.

»Irrwisch«, sagte einer laut.

Und die andern wiederholten: »Irrwisch!«

Zuerst war Germain ganz benommen, seine Augen wurden blind und seine Ohren taub … Er begriff nicht, wie er das hatte wagen können. Aber jetzt, da er sie festhielt, seine Liebste, stieg die Freude wieder in ihm auf und auch der Mut. Er fing an, sie beim Tanzen zu betrachten. Seine ausgehungerten Augen nahmen von ihr auf, soviel sie konnten. Noch nie hatte er sie so nahe gesehen. Er entdeckte mancherlei: auf ihren Wangen ein paar Sommersprossen, wie die ersten Sterne an einem noch hellen Himmel, in der Unterlippe einen kleinen Riß und im Kinn ein leichtes Grübchen. Und er sah, daß ihre Wimpern weder rot noch blond waren, sondern wie die winzigen Goldkörnchen, die manchmal im Rhonesand aufblitzen. Das gab ihrem Gesicht einen übernatürlichen Ausdruck. Den eines Engels oder den eines Dämons? Germain fragte sich das nicht.

\*

Von diesem Tage an gingen sie jeden Sonntag miteinander spazieren. »Er hat es fertiggebracht, sie zu zähmen«, stellten die Leute fest. Aber mit der Hochzeit eilte es ihr nicht. Sie konnte sich nicht entschließen und fand tausend Vorwände, um den Tag hinauszuschieben. Germain wurde ungeduldig: Er hatte so lange auf sie gewartet!

»Hast du mich lieb, ja oder nein?« Sie antwortete ja und blickte ihm fest ins Gesicht, aber der junge Mann hatte den Eindruck, sie sehe ihn nicht. »Du siehst immer aus, als dächtest du etwas«, warf er ihr hilflos vor, »und man kann nichts von dir erraten.« Um seine Unruhe loszuwerden, küßte er sie; dann vergaß er alles.

Die Woche über sah er sie nur für einen Augenblick auf der Straße oder hinter einer Scheibe. Sie nickte ihm geheimnisvoll zu in ihrem großen, bunt geblümten Kopftuch, das sie wie alle Frauen im Dorf unter dem Kinn gebunden trug. In diesen rauhen Gegenden, wo der Winter so lange anhält, empfindet man ein Bedürfnis nach Blumen: Man trägt sie auf Stoffen, stickt sie in die Schürzen und zieht richtige Blumen auf dem Fenstergesimse. Aber für Germain gab es keine schönere und keine echtere Blume als Flavie.

»Entweder verändert sie die Liebe gründlich und macht aus ihr eine gute Ehefrau, oder dann ist er im Begriff, sich mit einem Bild zu verloben«, meinten die Besonnenen. Diese Äußerungen enthielten einen Schuß Eifersucht von seiten der Männer, aber auch von seiten der jungen Mädchen. Justine, die Übergangene, weinte in die roten Rosen ihres Kopftuchs und machte Umwege, um Germain nicht zu begegnen.

Flavie entschloß sich noch immer nicht. Man könnte meinen, sie habe Angst, dachte Germain, was für eine merkwürdige Frau … Er fand sich gar nicht mehr zurecht. Eines Abends suchte er seinen Onkel, den Dorfgeistlichen, auf. Dieser hatte sich dem jungen Mann immer besonders wohlwollend gezeigt. Der wird mir recht geben, hoffte er.

– Kommst du, um die Hochzeit verkünden zu lassen? fragte ihn der Pfarrer mit einem breiten Lächeln.

– Ja … Nein …

Der Bräutigam wußte nicht, wie er sein Anliegen vorbringen sollte.

– Was ist denn nicht in Ordnung?

– Nun … es ist wegen Flavie.

– Du hast eine gute Wahl getroffen.

– Ja schon, aber ihre Mutter ist krank gewesen.

– Aber jetzt ist sie doch wieder gesund.

– Ja eben …

Der Pfarrer begriff nicht.

– Ach was, lachte Germain gehemmt, das sind vielleicht nur so Ideen von Flavie, die nichts zu bedeuten haben; aber sie ist starrköpfig.

– Das sind alle Frauen.

– Es ist eben so: Damit ihre Mutter wieder gesund werde, hat sie ein Gelübde getan.

– Was hat sie denn versprochen?

Der junge Mann nahm einen mächtigen Schluck Luft und gestand:

– Sie hat gelobt, Jungfrau zu bleiben.

Der Onkel lachte laut heraus.

– Aha, deshalb schaust du so kläglich drein! Mach dir keine Sorgen, mein Junge, sie hat dieses Versprechen leichthin gegeben, und es sich nicht weiter überlegt. Wir können ihr einen Dispens erteilen und sie statt dessen auf eine Pilgerfahrt schicken.

– Gut, nickte Germain, aber er traute der Sache noch nicht recht. Der Haken ist nur, daß ihr an diesem Gelübde so viel liegt.

– Hat sie die Absicht, mit dir zu brechen? fragte der Pfarrer, plötzlich beunruhigt.

– Nein …

– Dann ist es vielleicht, um dich zu reizen.

Und die staubige Soutane wurde abermals vom Lachen geschüttelt.

*

Die Hochzeit wurde auf den letzten Tag im Juli festgesetzt. Am Morgen des zehnten war vor der Predigt das Eheversprechen erstmals bekanntgegeben worden.

Nach dem Gottesdienst hatten sich die beiden Verlobten unter die Lärchen gesetzt. »Wie gut der Wald riecht!« murmelte Flavie. Germain antwortete: »Gewiß, aber dein

Geruch ist mir noch lieber.« Er beugte sich schnuppernd über sie und biß sie ein klein wenig in die Wange, nur um ihr Angst zu machen. Dann erfaßte er ihre Lippen. Sie machte sich frei, einen winzigen Tropfen Blut im Mundwinkel. Da schob er den Haarknoten zurück und biß sie in den Nacken. Sie ließ ihn gewähren, aber er konnte nicht sehen, wie sich der Blick des Mädchens verdunkelte.

Plötzlich überkam ihn wieder die Freude:

– Flavie, rief er, Flavie, du bist meine Frau!

– Noch nicht.

– Wir sind jetzt zusammen verkündet, du kannst nicht mehr zurück.

Und vor Begeisterung drückte er sie auf den braunen Teppich der Lärchennadeln nieder. Wütend schnellte sie auf. Sie ist kräftiger, als ich gemeint habe, dachte er und war stolz auf sie.

Jetzt fand sie die Sprache wieder.

– Du kennst ja mein Gelübde … Du wirst schon sehen! … Wenn ich etwas gelobt habe, so halte ich es.

– Aber du bist ja davon entbunden.

– Was verstehst denn du davon? Ein Gelübde ist etwas Heiliges.

Und als er lachend und selbstsicher in seinem Glück zu ihr sagte:

– Du wirst schon noch auf andere Gedanken kommen. Ach was, es geht dir wie allen übrigen …

Sie entgegnete:

– Ihr werdet schon sehen. Vergiß meine Worte nicht.

Germain wurde sonderbar zumute, ganz traurig. Er blieb sitzen, stumm, blind, die Hände auf den Boden gestützt, und die dürren Nadeln gruben sich in seine Handballen. Aber als er wieder ins Dorf zurückkam und am Gemeindehaus ihr Eheversprechen angeschlagen sah, dachte er nicht mehr an ihre Worte. Er war wieder ein starker

Mann, ein Mann, der alle Berge ringsum in seiner Hand hielt.

Dann kam der Hochzeitstag. Flavie hatte sich ein Kleid aus schönem schwarzem Tuch schneidern lassen mit vielen Fältchen an den Ärmeln und über den Hüften. Dazu trug sie den Falbelhut, mit einem goldbestickten schwarzen Samtband umwunden, auf dem dunkle Perlen und Metallplättchen glitzerten. Sie hatte kein Halstuch umgelegt. Ihr roter Haarknoten, der sich wie ein Fächer über die schwarzen Schultern ausbreitete, war festlicher als ein Seidentuch.

Als Germain sie so sah, entfuhr es ihm:

– Du siehst aus wie eine Himmelserscheinung.

Er dachte an die Statuen in der Kirche im Glanz ihrer schweren Gewänder, an ihre vom Heiligenschein erleuchteten Gesichter.

Der Pfarrer strahlte: Flavie, ein so musterhaftes Mädchen, würde seine Kinder in der Furcht des Herrn aufziehen und sie Gott lieben lehren. Er stellte sie sich schon als Chorknaben vor, Flavies Kinder, in ihren runden Käppchen und den weißen Spitzenhemden … Und es würden ihrer viele sein: jedes Jahr eines. Auch als fruchtbare Mutter wäre sie ein Vorbild und könnte es den allzu geizigen Eltern zeigen! Ein wahrer Segen für die Gemeinde. Sie hatte gut daran getan, nicht ins Kloster zu gehen wie ihre Schwestern. Hier war ihr gottgewollter Platz. Und Germain, ja Germain schien ein wenig lau, was die Religion betraf. Aber seine Frau würde ihn schon dazu bringen, fleißiger die Messe zu besuchen. Alles stand zum besten.

Als das Paar aus der Kirche trat, glänzte das frisch gemähte Gras ringsum auf den Wiesen, und die Roggenfelder wellten im Wind. Germain legte den Arm um seine Gattin und sagte ihr ins Ohr:

– Heut abend mähe ich dich ab.

Und sein Arm schnitt scharf ein wie eine Sense.

An diesem Abend trug die verschmähte Justine so schwer an ihrem Kummer, daß sie das Haus verließ und in den Gassen umherirrte. Am liebsten wäre sie über die Wiesen gelaufen oder den Waldrand entlang, aber so allein in der Dunkelheit wagte sie es nicht trotz ihrer Not.

Der Wind hatte sich erhoben und lief fast lautlos durch die Straßen, unruhig wie ein Dieb. Am Himmel waren dunkle Herden im Aufbruch. Das Dorf hatte die Anker eingeholt, die es auf der Erde festhielten, und ließ sich treiben. Und Justine ging, als hätte sie keinen Körper mehr, als wäre sie nur noch eine Seele, so weh tat sie ihr. »Wozu tot sein?« sagte sie sich, »wenn man das Gewicht seines Schmerzes doch mittragen muß? ... Es würde sich ja nichts ändern, nichts.«

Alle Fenster schienen erloschen, nur zwei oder drei Glühlampen ließen da und dort ein Gebäude erkennen. Auf einmal merkte Justine, daß sie vor Germains Haus angelangt war. Warum konnte sie nicht weiter? Warum blieben ihr die Füße am Boden kleben? Mit dem Wind hätte sie fliehen wollen, nur noch eine Seele sein im Wind, aber plötzlich war ihr Körper wieder da, schwer, ach so schwer ...

Da oben wohnten die Neuvermählten, im zweiten Stock, dessen Umrisse über den untern herausragten, eine schwarze, durch die Nacht dahintreibende Barke. Eine Außentreppe, unten aus Stein, oben aus Holz, führte hinauf. Justine konnte den Blick nicht lösen von der Türe dort oben. Langsam, vorsichtig wurde sie geöffnet; aber sie knarrte doch ein wenig. Ein Mann trat heraus und stützte sich aufs Geländer. Einen Augenblick lang rührte er sich nicht. Vielleicht sah er in sich hinein und versuchte sich zurechtzufinden. Dann kam er leise herunter. Seine Schuhnägel knirschten auf den untersten Stufen. Justine wagte nicht zu glauben, was sie sah. Sie wartete, bis die Erscheinung sich auflöse. Und plötzlich stand Germain vor ihr. Erst jetzt nahm er sie wahr. Er stieß einen Fluch aus.

– Was tust du hier?

Sie versuchte zum Dorf hinaus und fortzukommen, aber er holte sie ein.

– Spionierst du uns nach?

Justine antwortete nicht. Was hätte sie auch sagen sollen? Sie sah nur, wie dem Mann die Haarsträhnen ins Gesicht hingen. Ganz verloren sah er aus. Germain erfaßte, daß sie das alles sah, und sein Zorn wuchs. Er packte sie an den Schultern und schüttelte sie:

– Geht dich das etwas an?

Und weil sie vor ihm stehenblieb ohne Furcht, ohne Worte, begann er sie zu schlagen. Und damit sie sich nicht entziehen konnte, hielt er sie am Arm mit hartem Griff … Sie schrie nicht, sie sagte nur, wie um Hilfe rufend, aber ganz leise: »Germain, Germain!«

Dann ließ er sie los und stieg bergan.

Er kam erst gegen Ende der Nacht zurück, als sie grau wurde und kalt.

\*

Im Dorf nahm das Leben wieder seinen gewohnten Gang. Nichts schien sich geändert zu haben. Man war noch am Heuen. Bald sollte die Roggenernte beginnen. Justine hatte geschwiegen. Wenn man Germain antraf, fragte man:

– So, wie geht's den jungen Eheleuten?

Dann lachte er heiser auf:

– Natürlich geht's!

Flavie sah man nicht häufig. Sie ging nicht mit ihrem Mann aufs Feld, wie es sonst Brauch war. Sie brachte ihm am Mittag sein Essen heraus und setzte sich ein paar Minuten schweigend abseits ans Wiesenbord, dann kehrte sie wieder nach Hause zurück.

Den Leuten gefiel das nicht. »Der trägt Sorge zu ihren weißen Händen, anstatt sie arbeiten zu lassen. Die wird ihn noch teuer zu stehen kommen!« Einmal hatte man sogar beobachtet, daß er seine Frau wie ein kleines Kind auf den Armen durch einen Bach trug. Da hatte man sich über ihn lustig gemacht. »Laßt ihn nur, das wird ihm bald vergehen«, prophezeiten die alten Ehemänner kraft ihrer Erfahrung.

Aber es ging von Flavie eine solche Überlegenheit aus, daß man in ihrer Gegenwart nichts zu sagen wagte. Ihre Augen waren immer noch durchsichtig wie Wasser, und dennoch konnte man ihnen nicht auf den Grund sehen. Woraus bestand er? Aus feinem Sand, geschliffenen Kieseln oder aus trübem Schlangengewimmel? ... Germain blickte in diese Augen und flehte sie an, ihm zu antworten, aber sie blieben stumm.

Niemand, außer Justine vielleicht, wußte, daß das Leben für ihn zur Hölle geworden war. Schlimmer als eine Hölle, denn dort kann man sich wenigstens gehenlassen, kann stöhnen und heulen; man hat das Recht, unglücklich zu sein. Aber in einem Dorf mit all seinen lauernden Fenstern ... Ah, wenn er sie nur hätte schlagen können, seine Flavie! Sie durchwalken und dann unterwerfen. Aber er sah es jetzt ein, daß sie nicht war wie die anderen Frauen. Noch in den heftigsten Wutanfällen blieben ihm die Arme gelähmt vor ihr, und seine Zunge fand nicht einen Fluch. Und was noch schlimmer war: Sie hatte immer recht, er fühlte sich ihr gegenüber schuldig und ging so weit, sie um Verzeihung zu bitten.

Aber wenn er wieder allein war, stieg eine mächtige Empörung in ihm auf. Das Blut in seinen Adern wurde zu Gift, und auch wenn er sich fast zu Tode arbeitete vom Morgen bis zum Abend, war er doch nur von einem Gedanken besessen: »Ich mähe sie ab wie einen Halm, das ist mein gutes Recht.« Und immer hörte er ihre kristallene Stimme antworten: »Nicht eher, als bis du alle Gräser und alle Ähren der Erde abgemäht hast …« Und das hieß so viel wie nie.

Kam er an der Kirche vorbei, so fielen ihm die Worte des Priesters zu ihrer Hochzeit ein: … So *sind sie nun nicht zwei, sondern ein Fleisch. Was denn Gott zusammengefügt hat, soll der Mensch nicht scheiden.* Germain wußte wohl, daß sie nicht vereint waren und daß nichts, weder Himmel noch Hölle noch die Menschen, daran etwas ändern konnten. Und er spürte einen bitteren Geschmack auf der Zunge. Eines Abends begann er sogar fast laut vor sich hin zu murren:

– Das Leben ist ungerecht, ungerecht! Wie soll man da noch an Gott glauben?

Aber dann fiel sein Blick auf das Kruzifix, und schnell machte er ein großes Kreuzeszeichen.

Es gab freilich auch Tage, da er wieder Hoffnung schöpfte, Tage, an denen die Freude in der Luft lag. »Nein«, dachte er, »das kann ja nicht ewig so weitergehen … Einmal muß ja ein Wunder geschehen. Es braucht nur Geduld.« Aber bald war die Qual wieder da. Ein ganzes Leben lang würde das dauern! Wenn er seine Not wenigstens jemandem hätte anvertrauen können; aber das gehörte zu den Dingen, über die man nicht sprach – lieber sterben als das –, sogar im Gebet hätte er es nicht gewagt.

So verging der Sommer, dann der Herbst, dann der Winter, und es wurde wieder Frühling. Und weil man Flavie fast nie zu Gesicht bekam, fragte man Germain: »Erwartet sie etwa ein Kleines?« oder: »Ist sie guter Hoffnung?«, was dasselbe bedeutet. Dann verdüsterte sich seine Miene, und er wandte sich ab.

In seinem Rücken wurde gezischelt:

– Er sperrt sie ein vor lauter Eifersucht.

Und man lachte über ihn.

✳

Der Mai kam, der Monat Marias. Der Altar der Jungfrau wurde mit Geranientöpfen geschmückt, mit papierenen Lilien und Rosen und mit vielen, vielen Kerzen.

Doch eines Abends, als die Dorfleute in die Kirche kamen, um ihren Rosenkranz zu beten, fanden sie den Altar der Madonna geplündert: keine Blumen mehr, keine Leuchter … Man lief zum Pfarrer und meldete es ihm. Er wußte von nichts. Man versammelte sich in der Vorhalle. Jemand hatte ihre Kirche geschändet! Eine böse Glut glomm in den Blicken der Männer auf, die Frauen bekreuzigten sich, die Kinder weinten in den Wald der Röcke hinein. Sie waren alle sehr aufgeregt, aber ihre Empörung machte sich nicht in Worten und Gebärden Luft, sie blieb im Innern wie alles, was das Bergvolk heftig bewegt.

Ein kleines Mädchen kam zu seiner Mutter gelaufen und zog sie an der Hand:

– Komm schau, komm schau!

– Was hast du?

– Komm schau, wiederholte das Kind.

Es bat so eindringlich, und sein Gesicht hatte einen so merkwürdigen Glanz, daß die Mutter sich führen ließ. Und als die andern das sahen, folgten sie.

– Was hast du gesehen? fragten sie das Kind.

Aber das konnte es ihnen nicht erklären in seiner Aufregung. Seine Ungeduld wirkte ansteckend, und der Zug, den die Kleine anführte, wurde immer länger und bewegte sich immer eiliger. Auch Justine schloß sich an. Ihr schwante ein Unglück. Sie zogen die Straße hinunter, überquerten einen Platz, gingen um ein paar Scheunen herum und hielten schließlich vor einem Haus. Es war Germains Wohnung.

– Da ist es, und das Mädchen wies auf die obere Türe.

– Was hast du gesehen? fragte die Mutter abermals.

Sie erinnerte sich jetzt, daß sie die Kleine vorher zu Flavie geschickt hatte.

Mehrere Personen hatten sich schon die Treppe hinaufgedrängt. Man stieß die Türe auf, trat in den Gang und öffnete schließlich die Stubentüre. Die vordersten blieben auf der Schwelle stehen. Zuerst nahmen sie nur das Flakkern von Kerzen wahr und den Geruch von Weihrauch. Dann sahen sie Flavie ausgestreckt auf dem Tisch.

Sie lag unbeweglich in ihrem Sonntagsstaat, und ihre aufgelösten Haare umgaben den Körper mit einem flammenden Goldschein. Das Haupt gekrönt mit dem Falbelhut, die Augen weit offen, die Hände gefaltet, bleiche Hände, an denen der Ehering glänzte, die künstlichen Blumen und die Wachskerzen in frommer Einfalt um sie herum angeordnet – so glich Flavie jenen wächsernen Bildern, die in ihren Glassärgen in den Krypten ruhen.

Und in ihrer Brust steckte ein Dolch.

Die Leute betrachteten sie bewundernd und entsetzt. Andere drängten nach, und der Raum füllte sich mehr und mehr. Erst jetzt bemerkten sie Germain, der vor dem Tisch kniete. Er schien nichts zu hören, aber plötzlich wandte er sich um und sagte mit rauher, fremder Stimme:

– Sie ist eine Heilige.

Da begriffen sie, daß Germain von Sinnen war, und führten ihn hinaus.

## *Das gefallene Mädchen*

Sie lauerten ihr auf, versteckt hinter einer Hecke am Rhoneufer. Es waren ihrer sieben, sieben Männer zwischen zwanzig und dreißig, und jeder hielt in den Händen einen Besen von Schwarzdorn und pfefferig riechenden Weidenruten, alles gut zusammengeschnürt. In ihren Augen konnte man nicht lesen, denn es war eine sternenlose Nacht, eine blinde Nacht, welche die ganze Welt auslöschte, nur nicht die Wut dieser kleinen Menschen. Aber man konnte sie reden hören. Sie sagten zueinander:

– Jetzt reicht's. Die hat manche zum Weinen gebracht und manchen braven Kerl zum Laufen!

– Man kann sogar sagen umgebracht: Kinder, Männer ...

– Ja, ein Kind haben sie erwürgt in ihrer Kammer gefunden, während sie ohnmächtig in ihrem Blut lag ... Und alle, die man nicht gefunden hat! Aber Männer? Das ist übertrieben.

– So, und der, den sie in die Fremdenlegion schickte? Um ihr eine Freude zu machen, wollte er ihr ein Ballkleid kaufen. Aber er war pleite. Da hat er das Geld aus der Kasse des Meisters genommen. Es war am Fasnachtsabend. Hernach, um nicht im Gefängnis zu landen, machte er sich aus dem Staub. In einem afrikanischen Kaff ist er ums Leben gekommen. Ein Kollege von mir. Wagst du jetzt noch zu behaupten, daß nicht sie ihn getötet hat? He?

Sie alle kannten diese Geschichten und noch viele ande-re, aber in dieser Nacht empfanden sie das Bedürfnis, sie wieder aufzuwärmen.

– Und trotzdem bist du auch in die Person vernarrt! warf ein dritter ein.

– Du kannst ja sehen, wie ich sie traktieren werde.

– Mit dem Haß ist es wie mit der Liebe. Wenn es einen packt, muß man abwarten, bis es vorbei ist, fügte der Jüngste leise hinzu.

– Bist du sicher, daß sie kommt?

– Die hat genug gequält und genug Unheil angerichtet. Und seit sie bei diesem reichen Alten wohnt, sieht sie uns nur spöttisch an.

– Mit den Augen spottet sie, aber mit dem Körper lockt sie …

– Bist du ganz sicher, daß sie hier vorbeikommt? fragte die Stimme wieder aus dem Dunkel.

– Jeden Abend, ja, ich weiß es, antwortete der Jüngste und sang leise vor sich hin: *Sie hatte goldne Augen und hell maisgelbes Haar …*

– Ich höre sie, sagte einer.

Aber es war nur ein alter Mann, der vorbeiging.

– Sie hat Lunte gerochen und kommt heute nicht.

– Sie sieht zwar dumm aus, aber sie ist raffiniert.

Diesmal war sie es wirklich. Ihre hohen Absätze häm-merten den Boden, ihr kurzer Rock schwang hin und her in der kalten Nacht. Sie konnten sie nicht sehen, aber sie errieten alles. Sie kannten das Lächeln auf ihren breiten Lippen, den welligen Gang und die langen, harten Beine. Sie wußten, daß in ihrer Brust kein Herz schlug.

– Halt!

Sie sah sich umstellt von sieben Burschen, die keinen Spaß verstanden. Sie schien weder erstaunt noch veräng-stigt. Mit wiegendem Kopf und gedehnter Stimme sagte sie:

– Was fällt euch ein?

Sie rührte sich nicht von der Stelle, und die andern drängten sich um sie.

Plötzlich, mit gesenktem Kopf, versuchte sie zwischen zwei Körpern durchzuschlüpfen, die sich einen Augenblick verschoben hatten. Aber die Mauer schloß sich wieder. Hände packten zu. Über ihren Mund spannte sich eine Binde, und ihre Schreie erstickten im Stoff.

– Das soll dich lehren, du Aas, du Hure!

Rutenstreiche prasselten auf sie nieder, zerrissen ihr das Kleid und zeichneten die Haut mit verworrenen Striemen. Aber das reichte ihnen noch nicht. Sie mußten unter den Nägeln dieses Fleisch spüren, das in ihre Gewalt geraten war.

Mit zusammengebissenen Zähnen und halb geschlossenen Augen begannen sie, das Mädchen zu kratzen. Sie zerkratzten ihr das Gesicht, um sein Lächeln zu töten, sie zerkratzten ihr die Brust, um ihr Geheimnis zu töten, sie zerkratzten den ganzen Körper. Jetzt fiel sie zusammen. Mit Fußtritten stießen sie die unförmige Masse hin und her. Sie kannten sie nicht mehr: Sie lag so kläglich auf dem Weg wie eine tote Kröte.

Dann gingen sie weg, ohne sich nochmals umzudrehen.

Beim Dorfeingang trennten sie sich. Jeder ging nach Hause mit Ausnahme des Jüngsten. Der kehrte um.

»Nein«, dachte er, »so kann man sie nicht liegen lassen!« Er begann zu laufen. »Und ich bin an allem schuld, ich habe ihnen gesagt, daß sie am Abend hier vorbeikommt. Natürlich hat sie es verdient … Aber sie in diesem Zustand zurücklassen, nein! Sie hat jetzt gebüßt. Die Männer verachten sie, aber hat sie nicht auch das Recht, die Männer zu verachten? Und diese Geschichten … das sind vielleicht alles Lügen.« Er wollte zu ihr zurückkehren. Er wollte ihre Wunden pflegen, er wollte ihr sagen: »Ich, ich liebe dich wirklich.«

Er fand sie immer noch auf dem Boden liegen ohne Regung, ohne Form, nachtschwarz. Er beugte sich vor, kniete nieder. Er nahm ihren Kopf in seine Hände. Er küßte sie, und diese Küsse hatten einen Geschmack von Staub und Blut. Er legte das Ohr an ihre Brust, um das Herz schlagen zu hören. Er hörte nichts.

So stimmte es am Ende, was man sich erzählte: *Sie hatte kein Herz?*

Oder dann? … Er hatte sich aufgerichtet. Plötzlich fuhr er zurück und rannte davon.

## Der schwächste Schüler des Pfarrers

Als Hyazinth Rinati am Priesterseminar studierte, wurde von ihm gesagt: »Das ist ein Umgetriebener«, oder auch: »Das ist ein Calvinist.« Seine Lehrer wunderten sich über seine krankhaften Skrupel und warfen ihm vor, er gehe alle Dinge zu heftig, zu leidenschaftlich an. »Bremsen Sie, bremsen Sie!« mahnten sie immer wieder.

Als er zum Priester geweiht wurde, wies ihm der Bischof, der ihn gründlich kannte, eine Pfarrei in einem kleinen Dorf zu. »Das rauhe, gesunde Leben dieser Bergler mit ihren einfachen Sitten wird ihn zur Ruhe bringen«, hatte er gedacht.

Am Anfang ging alles gut. Seine strengen Predigten, seine ungezähmte Frömmigkeit gefiel den Gläubigen. Aber es wurde Sommer, und diese Jahreszeit erregte ihn jedesmal. Zudem war es ein besonders heißer Sommer. In den abschüssigen Bergwiesen zirpten Tausende von Grillen. Die ganze Erde schien zu singen. Einzig Pfarrer Rinati hörte nicht darauf und blickte gen Himmel. Der war den ganzen Tag tief blau, blau bis zur Verzückung, und am Abend ließ die Sonne ihre Zauberlaterne über die Berggipfel gleiten … Wenn er diese langen, roten Bahnen betrachtete, diese sprühenden Funken, so glaubte er, die Tore der Hölle zu sehen, und dieses Bild erschreckte ihn nicht; es gab ihm vielmehr neuen Mut.

Aber wenn der Mond über einem Berggrat aufging, versuchte ihn der unselige Priester umsonst mit einer Hostie zu vergleichen und wurde ganz verwirrt. Dieses fremde Licht verlieh der Welt viel zu weiche Umrisse, und seine Heiterkeit hatte etwas Heidnisches. Dann verkroch er sich in seine Kammer, zog die Fensterläden zu. Ach, in jeden Laden war eine herzförmige Öffnung geschnitten, und das Mondlicht warf auf Boden und Wände glänzende, schwebende Herzen ... Er bemühte sich, an das Herz-Jesu zu denken; aber das blutete, während diese Herzen unversehrt blieben. Um sie zum Verschwinden zu bringen, nagelte er Brettchen auf die Fensterläden. Und als immer noch gelbe Strahlen durch die Ritzen drangen, ließ er dicke Vorhänge anbringen. Aber an diesen Berghäusern sind die Fenster schon klein genug, und nun konnte gar keine frische Luft mehr in die Räume des Pfarrhauses einströmen, und es roch überall nach Weihrauch, Staub und kaltem Schweiß.

In solchen Nächten konnte er nicht schlafen. Er erinnerte sich an die Ratschläge, die man ihnen im Seminar erteilt hatte: »Wenn die Versuchung kommt, so betet!« Und er betete. Aber er spürte, wie die Dämonen des Mondlichts ihn umkreisten ... Seine Lehrer empfahlen auch, an die frische Luft zu gehen, kräftig auszuschreiten, um der bösen Gedanken Herr zu werden. In den mondlosen Nächten ging er ins Freie. Die weiten Gänge brachten ihm ein wenig Erleichterung, doch plötzlich reizte das Rieseln eines Bächleins seine Nerven, ein Schwall von Heuduft oder Thymian stieg ihm zu Kopf, daß ihm schwindelte. Er versuchte, nicht mehr zu atmen, er verstopfte sich die Ohren, aber noch immer sah er die rötlichen Arvenwurzeln sich im Schatten verflechten, noch immer hörte er Gemurmel und traf verschlungene Gestalten auf seinem Weg ... Warum empfand er eine so große Angst vor der irdischen Freude? Schien sie ihm eine Quelle der Sünden, oder überkamen ihn bei ihrem Anblick Zweifel an der Notwendigkeit, sich ausschließlich mit dem künftigen Leben zu befassen? ... Er wußte es selber nicht genau, so sehr scheute er sich, gewissen Gedanken auf den Grund zu gehen.

Er floh ins Pfarrhaus zurück, aber manchmal schlich er auch den Liebespaaren nach, lauerte ihnen auf mit den Listen eines Tieres auf der Wildbahn. Er dämpfte seine Schritte, ließ sein langes Knochengerüst hinter einer Scheune verschwinden ... Er schwärzte die Verliebten bei den Eltern an, geißelte auf der Kanzel die außereheliche Liebe, nötigte die Brautleute, sich zu vermählen. Oh, denen eilte es nicht damit. Wozu auch? Bald genug würde die Zeit kommen, wo man die Kinder säubern mußte, sich zankte ...

In seinen Predigten malte er bis in alle Einzelheiten die Qualen der Verdammten aus und das Glück der Erwählten, als ob das Leben nicht selber dafür sorgte, bald ein Fegefeuer, bald eine Hölle und gelegentlich sogar ein Paradies zu sein. Ach, er begriff nicht, daß er diesen Gott, den er anbetete, zum zweitenmal ans Kreuz schlug in der Seele seiner Gläubigen, indem er ihn zu einem grausamen, rächenden Gott machte.

*

Der Winter kam, die Natur verlor ihren Überschwang, und der Priester fühlte sich ruhiger. In dichten Schwaden fiel der Schnee auf das Dorf herab, als wollte er es begraben. Man konnte nichts mehr erkennen. Die kleinsten Dinge hatten unerwartete Ausmaße angenommen: ein Stein vor der Haustür, der Schornstein auf dem Dach, eine Wegschranke ... Und die großen Dinge, der Himmel, der Berg, der Wald, waren verschwunden.

An einem Sonntagabend zwischen Weihnachten und

31

Neujahr traf sich die Dorfjugend zum Tanz auf einem ziemlich weit abgelegenen Maiensäß. Die genagelten Sohlen der Tänzer erschütterten die Bretter und ließen ihre Abdrücke darin zurück. Es war nicht Platz genug da für alle, und so wartete ein Teil der jungen Leute, im Heu sitzend, bis sie an die Reihe kamen. Sie hatten ein Fäßchen »Gletscherwein« zwischen sich, der ihnen das Leben noch rosiger erscheinen ließ. Seraphin spielte auf der Mundharmonika, und man hätte meinen können, er beiße in eine Handvoll Sterne hinein, so hell spiegelte das Nickelblech seines Instruments unter der Laterne. Alle fühlten sich glücklich und geborgen in dieser hölzernen Behausung, ein wenig wie die Kinder Noahs in ihrer Arche.

Da klopfte es hart an die Türe.

– He, wer will uns den Spaß verderben? rief einer.

– Das ist deine Mutter, die dich sucht, antwortete ihm ein anderer.

– Oder dann ist es ein Gespenst, mutmaßte Seraphin und ließ die Sterne in seinem Hosensack verschwinden.

Sie fingen alle an zu lachen, etwas gezwungen, denn sie hatten schon erraten, wer es war.

– Aufmachen! schrie es vor der Türe.

– Was wollt Ihr?

– Aufmachen!

Jetzt mußte man gehorchen. Einer von den Jungen schob den eisernen Riegel zurück, und der Pfarrer trat ein. Als sie ihn so vor sich sahen mit seinem verstörten Blick, die Gesichtshaut über die Knochen gespannt, als hätte man sie hinten zusammengezogen, die Lippen verzerrt, da fielen den Tänzern jene Geschichten ein, in denen mitten auf dem Ball der Teufel erscheint.

– Hier also richtet ihr eure Seelen zugrunde?

Die Burschen lachten nicht mehr, und die Mädchen senkten den Kopf, denn der Respekt vor dem Pfarrer war doch stärker als ihr Groll.

– Man tut ja nichts Böses, man lacht bloß miteinander, versuchte einer zu erklären.

– Ihr wißt, daß das Tanzen verboten ist. Aber ihr laßt euch lieber verdammen, als auf eure schlimmen Vergnügen zu verzichten. Und das an einem Sonntag!

– Oh, Herr Pfarrer, man hat schon das Recht, ein wenig zu lachen, man arbeitet hart genug die ganze Woche über.

– Ja, lacht nur, lacht! … Wo wärt ihr jetzt, wenn zu dieser Stunde der Tod an eure Türe geklopft hätte? Wer von euch ist nicht im Zustand der Todsünde? Wer?

– Ich, antwortete Ursule und stellte sich schamlos vor ihn hin.

Sie hatte getrunken. Sie war das Leid- und Freudenmädchen des Dorfes. In vielen Dörfern gibt es ein solches Mädchen, oft das häßlichste und das beschränkteste, bei dem die Männer ihr »Weiberweh« loswerden (so nennt man dort oben die Qual des Begehrens).

Und da sie kräftig war, zog sie den Priester an sich und zwang ihn, mit ihr herumzuwalzen. Natürlich wußte sie nicht mehr, was sie tat. Die andern schauten sie entsetzt an. Ihr Partner machte sich steif, duckte sich dann plötzlich und riß sich los. Ursule plumpste ins Heu, und alle sahen, daß ihre groben braunen Strümpfe unter den Knien mit einer Schnur festgebunden waren. Wütend blickte Rinati reihum jedem Anwesenden ins Gesicht mit einem Anflug von Haß, den er sogleich zu zügeln versuchte. Alle fuhren unwillkürlich zurück, sogar die Kühnsten, die Wilderer, welche dem Landjäger trotzen, sich aber dem Pfarrer unterziehen. Denn er verwaltet ihr Seelenheil kraft seines heiligen Amtes. Und die Frauen, die zuerst bei ihren Liebhabern Schutz suchen wollten, wagten es nicht mehr und erstarrten.

Ursule, halb aufgerichtet, beobachtete sie, und ein lautloses Lachen entblößte ihr Zahnfleisch … Der Priester schenkte ihr keinen Blick. Er schwieg noch immer. Er wollte nicht weggehen. In seiner grünlich verfärbten Soutane, unter der Wadenbinden hervorschauten, die seine allzu mageren Beine auch nicht kräftiger machten, glich er einem abgestorbenen Baum.

– Hinaus mit euch! befahl er und wies auf die Türe.

Niemand rührte sich.

– Alle hinaus!

Einer nach dem andern schlichen die Burschen davon. Sie hatten die Schultern hochgezogen und ihren Zorn hinuntergeschluckt, aber sie erstickten fast daran. Eins ums andere verschwanden die Mädchen, die Röcke wie zum Schutz zusammengerafft. Ursule folgte als letzte.

Der Pfarrer blieb allein zurück im Dunkeln. Er faltete seinen langen Körper ein und fiel in die Knie.

– Mein Gott! mein Gott! rief er, hast Du mich verlassen?

Und er glaubte eine Stimme zu hören:

»Werft sie hinaus in die Finsternis; da wird Heulen sein und Zähneklappern.«

＊

Die jungen Leute kehrten auf dem kaum mehr erkennbaren Weg ins Dorf zurück – ein ungeordneter Zug. Da glitt einer aus, dort fiel eines hin. Der tiefe Schnee erschwerte den Marsch; man mußte den Fuß in die schon vorhandenen Spuren setzen, die man nicht immer deutlich sah. Manchmal erwiesen sich die Löcher als zu tief, und dann sank man bis zu den Schenkeln ein. Zugegeben, man war ein wenig betrunken.

Seraphin fühlte sich in melancholischer Stimmung. Auch sie, seine liebe kleine Musik hatte man verdammt, hatte den Bannfluch über sie gesprochen. Und dabei war sie doch so artig, so lustig und erzählte vom Leben, nicht von diesem Tod, der noch früh genug kam.

– Wir wollen den Ball bei Ursule beschließen, schlug Simon vor.

– Gute Idee, wir sind noch nicht auf unsere Rechnung gekommen.

– Und der andere soll es wagen, uns wieder zu stören!

Fünf oder sechs zogen es vor heimzugehen, der Rest der Gesellschaft landete im Zimmer des Mädchens.

Einen Augenblick später betrat Pfarrer Rinati die Kirche. Das ewige Licht brannte wie immer, und im Chor lagen blaue Schatten. Er blieb im Schiff stehen, neben dem Beichtstuhl, denn er fühlte sich in dieser Nacht nicht würdig, vor Gott zu treten. Er dachte an den Tod. Wann würde seine Stunde kommen? Oh, befreit sein von diesem verfluchten Körper, dem Zwang der Sinne nicht mehr ausgeliefert! Aber der Tod … nur schon ihn zu wünschen war Sünde.

Da vernahm er ein Geräusch. Im Mittelgang näherte sich ein Kind mit einer Laterne. Ohne Zögern stieg es zum Querschiff hinauf, vergaß das Knie zu beugen und ging geradewegs auf den kleinen Josephsaltar zu, auf dem hinter Glas eine Weihnachtskrippe stand. Der Knabe hielt zuerst ehrfürchtig Abstand, dann kletterte er die beiden Stufen zum Altar hinauf, schob sein Gesicht ganz nahe an die Krippe und stellte die Laterne daneben. Er war vielleicht neun Jahre alt. Die langen Haare fielen ihm in den Nacken und über die niedrige Stirn, und der leicht einwärts gerichtete Blick der dunklen Augen gab ihm etwas Verstörtes.

Der Priester sah ihm erstaunt zu. Der Bub ahnte nichts von seiner Gegenwart und ließ seiner Bewunderung und Neugier freien Lauf. Er drückte die Nase an der Glaswand platt und betrachtete die Wachspuppen, eine nach der andern, mit großer Sorgfalt. Keine Einzelheit, nicht eine Kleiderfalte entging seinem andächtigen Blick. Wie wunderbar das war! Nichts fehlte. Zuerst das blasse Jesuskind, in seine Windeln eingewickelt wie ein verletzter Finger in den Verband; seine Krippe glich nicht den Futterkrippen, die man in den Dorfställen brauchte, sie war zierlich und kompliziert gebaut und ruhte auf kleinen Säulen. Neben dem Kind die Heilige Jungfrau in einem steifen Gewand, über das der hundertjährige Staub einen geheimnisvollen Flaum gelegt hatte. Sie wahrte die Würde einer großen Dame, auch wenn ihr der Glorienschein aus Silberpapier etwas heruntergerutscht war. Sankt Joseph und die Hirten fesselten ihn weniger, denn sie waren nicht so verschieden von den Leuten, denen er täglich begegnete. Seine Vorliebe galt den Heiligen Drei Königen in ihren prächtigen Mänteln, die sich gegen unten weiteten wie Glocken, und ihren Kronen aus Goldband, auf die zur Zierde Glasperlen aufgenäht waren. Der eine lag auf den Knien und hielt ein Kästchen in den Händen, der zweite mußte sein Geschenk unterwegs verloren haben, und der dritte stand versonnen abseits und hatte ein merkwürdiges Tier bei sich. Das ist kein Maultier, kein Esel, kein Pferd ... sagte sich das Kind verwundert. Es war auch kein Kamel, was es eigentlich sein sollte. Auf den Boden waren winzige Kieselsteinchen aufgeklebt, wie man sie überall findet, aber hier besaßen sie den Reiz von Edelsteinen.

Der Kleine wurde nicht müde, alles zu bestaunen. Für ihn gab es keine Glaswand mehr. Er, der arme Bauernbub, stand neben den Königen, er streichelte versunken das Jesuskind! Er war nicht mehr verschupft, er lebte einbezogen in den Kreis der heiligen Personen.

Der Priester beobachtete ihn immer noch. Und wieder stieg der Zorn in ihm auf. »Weiß er überhaupt, was das bedeutet? Was ihn anzieht, sind die Glanzpapiere, die prächtigen Stoffe. Sie sehen alle nur diesen Flitter, sie lieben Götzenbilder wie die Helden!« Ah, wenn man ihn hätte gewähren lassen! Er hätte alles verbrannt: die Statuen, die Bilder ... Vor allem diese Barockfiguren mit ihren verrenkten Körpern, ihrem rosigen Fleisch, ihren um und um vergoldeten Kleidern, von denen die Kapellen strotzten. Dort drüben, hinter dem geschlossenen Gitter des Chors sah er sie schimmern in verwirrendem Glanz zwischen den gewundenen Säulen ihrer Altäre. »In denen ist Gott nicht zu finden«, empörte er sich.

Aber er war allein auf verlorenem Posten. Im Seminar hatte ihm seine Bilderstürmerwut den Übernamen Savonarola eingetragen. Und man lachte über seine Qualen. Auch die verabscheuten Gegenstände lachten ihn aus. Eines Abends hatte er im Hof hinter dem Pfarrhaus einen Scheiterhaufen errichtet und darauf in wildem Durcheinander Heilige, Engel, Kerzenleuchter, Altarflügel aufgeschichtet, die er in der Sakristei und im Glockenturm vorgefunden hatte. Aus Angst, daß man diese himmlischen Karikaturen, wie er sie nannte, wieder ans Licht ziehen könnte, hatte er beschlossen, sie verschwinden zu lassen. Und als die Flammen an den Statuen emporleckten und die nackten Cherubim mit ihren mörderischen Zungen herunterholten, hatte Pfarrer Rinati eine wilde Freude empfunden: die Freude des Inquisitors, wenn er Ketzer verbrennt. Aber er bemerkte einen großen Erzengelkopf, der aus den Gluten herausragte und ihn mit weit geöffneten schwarzen Augen anstarrte … Da hatte er einen Stock ergriffen und mit dem Ruf: »Luzifer, sei verflucht!« auf ihn eingeschlagen, bis der böse Engel zusammenfiel.

Und weil er diese Krippe verschont hatte, die man nach altem Brauch zwischen Weihnachten und Epiphanias in der Kirche aufstellte, kam in der Nacht ein Kind, um sie zu betrachten.

Wer war dieses Kind? Er sollte es gleich erfahren. Eben stieg der Kleine ins Schiff herunter. Die Laterne erhellte sein Gesicht von unten und verzog es auf merkwürdige Weise, aber der Priester erkannte ihn. Es war der Schüler, welcher den Katechismus nicht hersagen konnte, Ursules uneheliches Kind.

– Was tust du da?

Als der Knabe ihn plötzlich vor sich stehen sah, erschrak er so heftig, daß er die Laterne fallen ließ. Sie zerbrach auf den Fliesen und erlosch. Und da der Priester kein Wort mehr sagte und sich nicht rührte, lief er zur Türe und schlüpfte hinaus.

Anderntags begab sich Pfarrer Rinati zur Schule, seine Katechismusstunde zu halten. Schon in der Morgenfrühe hatte er das Glaskästchen unter den Arm genommen und war damit zu jener Schlucht gegangen, in die die Dorfbewohner alles hinunterwarfen, was sie nicht mehr brauchen konnten. Dorthin hatte er es geschleudert. Ein klingender Aufschlag, dann ein zweiter – schon weit weg –, das war alles. Seine Pfarrkinder würden inskünftig ohne ihre Krippe auskommen müssen. Was tat's? Sie konnten ja in ihrem Herzen eine Krippe der Unschuld bereiten, um das Himmlische Kind zu empfangen.

Im Moment fühlte sich der Priester erleichtert. Seine Nerven entspannten sich. Er glaubte, seine Selbstbeherrschung wiedererlangt zu haben. Aber das gestrige Vorkommnis hatte ihm doch sehr zugesetzt. Wieder spürte er das Übel in sich aufsteigen; es war geradezu ein körperlicher Schmerz, als ob zwei teuflische Hände sich um seine Seele und um seinen Körper krampften. Es machte ihn jenen Bäumen ähnlich, die von fachkundigen Gärtnern gequält, verbogen, entartet werden. Aber die kamen noch zum Blühen, während er daran zugrunde ging.

Er betrat das Schulzimmer. Ein niedriger Raum mit einer Reihe kleiner Fenster gegen Süden. Darin waren alle Schulkinder des Dorfes untergebracht, Mädchen und Knaben; es waren nie über dreißig. Sie standen alle zusammen auf und stimmten ihren Singsang an: »Guten Tag, Herr Pfarrer! …« Der Lehrer verließ sein Pult und machte ihm Platz. Aber er zog es vor, stehen zu bleiben, und schritt im schmalen Geviert vor der Wandtafel auf und ab. Er öffnete den Katechismus auf Seite 28.

– Wir sind beim ersten Artikel über das Symbol, sagte er. Und er begann seine Fragen zu stellen.

– Albert! *Was lehrt uns dieser erste Artikel?*

Der Schüler stand auf und leierte in einem Zug herunter:

*– Er lehrt uns, daß es einen einzigen Gott gibt in drei unterschiedenen Personen. Die erste wird der Vater genannt, der allmächtig ist und aus nichts Himmel und Erde geschaffen hat.*

Der Priester hörte nur mit halbem Ohr hin, wiegte leise den Kopf im Rhythmus der Sätze, die nach so vielen Wiederholungen schließlich jeder auswendig wußte, ob er sie verstand oder nicht.

– Gut, der Nächste! *Warum nennt man die erste Person der Dreifaltigkeit den Vater?*

Und der, welcher den Katechismus nicht hersagen konnte, stand auf. Er stand auf, zum voraus in sein Schicksal ergeben, seines Versagens gewiß, auf Hohn und Strafe gefaßt, denn er wußte, daß er diese Antworten niemals im Kopf behalten konnte. Es war nicht Mangel an Begabung oder böser Wille; aber das Verständnis dieses Buches blieb ihm völlig verschlossen. So war es ihm bestimmt. Und wenn er es noch plötzlich hätte auswendig lernen können wie die andern, so hätte er es nicht über die Lippen gebracht, denn alles um ihn her, von den Kameraden bis zu den Holzplanken der Wände, erwartete, daß er stumm blieb.

Er stotterte ein paar Worte ohne Zusammenhang, die er mit übermenschlicher Anstrengung aus dem Asphalt seines Gedächtnisses herauszog. Und wie immer wurden sie mit schallendem Gelächter aufgenommen.

Der Pfarrer verwies es der Klasse mit einem Blick. Er klappte sein Buch zwischen den Händen auf und zu und ging geradewegs auf das Kind los. Jetzt standen sie sich gegenüber. Sylvain war bleich geworden, aber er zitterte nicht, so endgültig hatte er die Hoffnung aufgegeben.

Er wartete.

In diesem Augenblick kam ihm wie ein Hilferuf der Gedanke an die kleine Weihnachtskrippe. Vielleicht klammerte er sich an dieses Bild, wie sich der Sterbende an den Lichtfleck klammert, der über seine Zimmerdecke tanzt. Aber das Bild zersprang in tausend Scherben. Die Hand des Priesters war auf seine Backe niedergefahren.

– Das soll dich lehren zu trotzen!

Das Kind wankte, aber es gab keinen Laut. Es schloß nur die Augen, um sein Weh zu begraben.

– Setz dich.

Das Kind setzte sich. Trüb ging die Stunde weiter.

– Augustine: *Wie viele Arten von Engeln gibt es?*

– *Es gibt zwei Arten: Die guten sollen wir ehren und anrufen, weil sie uns an Leib und Seele beschützen. Die bösen, die man Teufel nennt, sollen wir hassen, weil sie uns mit sich in die Hölle ziehen wollen.*

Der Pfarrer hörte nicht mehr zu. Diese Ohrfeige hatte ihn nicht beruhigt, sondern seinen gereizten Zustand noch verschlimmert. Und das Bedürfnis, noch weiter zu schlagen, peinigte ihn. Seine Hände, die er aneinanderrieb, knisterten wie dürre Blätter. Wenn er etwas hätte zerbrechen können, einen Fußtritt in die Bänke geben, die Scheiben einschlagen, so hätte ihn das wahrscheinlich erleichtert. Aber niemand würde es verstehen. Man würde ihn für verrückt halten, fortjagen!

– Sylvain, ich sage dir die Sätze einen nach dem andern vor, und du kannst sie wiederholen.

Die Schüler wunderten sich über die ungewohnte Milde seiner Stimme. Er nahm die gestellte Frage noch einmal auf und sprach dann die Antwort langsam vor, Silbe für Silbe.

– Wiederhole.

Das Kind bewegte die Lippen, aber es brachte keinen Ton hervor.

– Willst du reden oder nicht? Ich wiederhole: *Weil von aller Ewigkeit ...* Sprich nach.

Sylvain blieb stumm.

– Ah, diesmal ist es noch schlimmer! Der Priester stellte es mit Genugtuung fest: Sein Zorn war gerechtfertigt. Abermals schlug er zu. Wie war sie hart, diese knöcherne Hand, und so lang, daß sie nicht nur die Wange traf, sondern auch den Kiefer und die Schläfen! Er ohrfeigte abwechselnd von der einen und von der andern Seite, und nochmals, und nochmals. Er konnte nicht mehr aufhören. Die Schüler schauten entsetzt zu und zogen den Kopf ein.

Schließlich fiel der Bub auf die Bank, seine Stirne schlug dumpf auf dem Pultdeckel auf. Er war nicht bewußtlos, er weinte nicht.

Und die Stunde nahm ihren Fortgang, scheinbar ruhig.

– Arthur! *Was ist der Mensch?*

– *Der Mensch ist ein vernünftiges Geschöpf, bestehend aus einem Körper und aus einer Seele, die nach dem Bilde Gottes geschaffen ist.*

\*

Von diesem Tag an sprach Sylvain nicht mehr.

Als er aus der Schule kam, erkundigte sich die Mutter nicht, warum sein Gesicht so rot und aufgeschwollen sei, denn sie gab kaum acht auf ihn und redete fast nie mit ihm. Er aß seine Kartoffelsuppe wie gewöhnlich, ohne ein Wort.

Dann kehrte er in die Schule zurück; aber anstatt den Ausführungen des Lehrers zu folgen oder in sein blaues Heft zu schreiben, blieb er untätig sitzen, mit abwesendem Blick, das Gesicht zwischen den Händen wie in einem Verband. Der Lehrer verlangte nichts mehr von ihm, der Pfarrer auch nicht. Man ließ ihn in Ruhe. Aber es fiel auf, daß sein mißhandeltes Gesicht von Tag zu Tag mehr anschwoll. Beidseits des Mundes wurde die Haut bläulich, und stellenweise ließen gelbe Flecken auf Eiter schließen. Der Lehrer redete ihm zu:

– Sag deiner Mutter, sie solle dir Umschläge machen.

Aber er sprach nicht mehr, und seiner Mutter fiel es nicht ein, ihn zu pflegen. Schließlich war es eine Nachbarin, die Hebamme des Dorfes, die sich um ihn kümmerte. Sie kannte sich etwas aus in der Heilkunde. Es war zu spät, das Übel verschlimmerte sich. Bald aß er nicht mehr.

– Das fault ja! rief die Frau entsetzt.

Man hatte im Dorf die Geschichte von den Ohrfeigen vernommen, aber niemand wagte aufzubegehren. Es wurde nur getuschelt: »Das hätte der Pfarrer nicht getan, wenn der Kleine einen Vater und eine rechte Mutter gehabt hätte.«

Der Bub ging jetzt nicht mehr zur Schule. Er blieb auf dem Strohsack liegen in seinem Kämmerchen, das eigentlich nur ein Verschlag ohne Fenster war. Man flößte ihm dünne Nahrung durch ein Röhrchen ein, das man ihm zwischen die aufgedunsenen Lippen schob, und man legte ihm Wegerich-Umschläge aufs Gesicht. Er äußerte weder Schmerz noch Zorn. Er klagte nicht. Hörte er überhaupt, was um ihn her gesprochen wurde? Man konnte es nicht wissen. In seinen Augen stand eine unermeßliche, eine namenlose Angst. Nur seine Hände, die von der Arbeit schon breit und schwer geworden waren, so daß sie einem Mann und nicht einem Kind zu gehören schienen, gaben noch Lebenszeichen. Sie glitten suchend über die Decke, rollten ihre zerfransten Ränder ein und wieder aus und begannen von neuem.

Woran dachte er?

– Er war nicht für diese Erde gemacht, und die Leute schüttelten den Kopf.

Der Pfarrer hatte das alles erfahren. Man sah ihn seltener. Er ging tagelang fort, man wußte nicht wohin. Eines Abends klopfte er an Ursules Türe.

– Ich möchte den Knaben sehen, sagte er.

Sylvain schlief und rührte sich nicht. Der Besucher wollte etwas ausdrücken, aber er konnte es nicht. Er legte am Fußende ein Paket nieder und ging fort wie ein Übeltäter.

Was hatte er gebracht?

Ursule riß das Paket auf. Sie war höchst erstaunt, als eine Weihnachtskrippe unter Glas zum Vorschein kam. Dieses seltsame Geschenk war der Zweck all der Gänge des Priesters gewesen. Er war durch manches Dorf gekommen, hatte an manches Pfarrhaus, an manche Türe geklopft und jedesmal gefragt:

– Habt Ihr nicht zufällig eine von diesen alten kleinen Weihnachtskrippen? …

– Ach so, Ihr seid Liebhaber von Altertümern? antwortete man ihm.

Schließlich hatte er eine gefunden, die der fortgeworfenen ganz ähnlich war. Und in der Hoffnung, ihm eine Freude zu machen, hatte er sie dem Kind gebracht.

– Sieh doch, sagte die Mutter und beugte sich zu ihm hinunter.

Da merkte sie, daß es tot war.

## *Sie wird ihr Stübchen nicht mehr sehen*

Schwester Damien schritt durch den langen Korridor des Spitals.

Jemand zupfte sie am Ärmel. Sie fuhr zusammen, aber ihr Gesicht blieb gleichmütig. Sie hatte es schon so oft über die Gesichter der andern gebeugt, daß es verlernt hatte, für sich selbst zu leben; und die Nonne hatte schon so manchen Herzschlag abgehorcht, daß sie ihr eigenes Herz nicht mehr in den Lippen pochen fühlte wie die andern Frauen. Dennoch wirkte ihre gestärkte Haube festlich, als sie sich umwandte.

Was wollte dieser Mann von ihr?

Aber das war ja kein Mann mehr, es war das Zerrbild eines Mannes, was da vor ihr stand, noch wortlos, aber so voll von Schreien, daß sie schmerzten, noch ehe man sie hörte. In den achtlos übergestrupften Kleidern hatte der Körper seinen gewohnten Platz nicht wiederfinden können, die Falten waren verrutscht, die Knopflöcher würgten die Knöpfe oder standen nutzlos offen, die Schnürsenkel hingen auf den Boden. Und über all dem das Gesicht … Wo sollte Schwester Damien den Mut hernehmen, es anzuschauen? Lieber mit einer Wunde zu tun haben als mit diesem Gesicht: Sie besaß kein Mittel, es zu heilen. Alles lief daran herunter, der Nasenschleim, die Tränen. Nur der lippenlose Mund blieb verschlossen, er allein hielt den Schmerz zurück.

Er war kein Fremder für Schwester Damien. Sie versuchte in diesem Wrack den Bergbauern wiederzuerkennen, den sie schon mehrmals gesehen hatte und dessen natürlicher Adel, dessen Zurückhaltung in Wort und Gebärde ihr jedesmal Bewunderung abnötigte. Umsonst. Es war eine solche Veränderung mit ihm vorgegangen, ein solcher Bruch geschehen, daß sie dieselbe Angst überkam wie damals, als sie sich bemüht hatte, die zerbrochene Kapellenscheibe wieder zusammenzufügen, und dann anstelle des schönen Evangelisten Johannes ein lendenlahmes, buckliges, grinsendes Ungeheuer entstanden war.

Sie schwieg noch immer.

Der Mann packte sie am Arm:

– Ihr habt sie mir getötet!

Er schüttelte sie heftig und wiederholte:

– Ihr habt sie mir getötet! Ihr habt sie mir getötet!

– Sagt nicht solches Zeug, fuhr ihn die Schwester an.

Sie hätte sich gerne anders ausgedrückt, ein Wort des Trostes für ihn gefunden, aber diese nackte und somit lächerliche Verzweiflung erschreckte sie und brachte sie aus der Fassung. Damals, fuhr es ihr durch den Sinn, als ich ins Kloster eintrat, hatte ich gemeint: Jetzt ist es aus für dich, das Leben dieser Welt, du wirst keine Männer mehr sehen, du gehörst nur noch dem Lieben Gott. Und alles habe ich noch kennenlernen müssen, die Nöte der Männer und der Frauen, nicht nur einzelner, sondern aller. Zu jeder Tages- und Nachtstunde mußte ich für sie dasein. Und erst jetzt habe ich begriffen, worin das Leben dieser Welt besteht, von der ich mich lossagen wollte.

– Ihr habt sie mir getötet!

Er beschuldigte nicht nur diese reglose Frau, die es nicht zu verstehen schien. Seine Vorwürfe richteten sich an die ganze Welt, an Gott, an die Ärzte, an dieses Spital vor allem, dessen Wände mit blauen Blüten und Sternen bedeckt waren, dessen weicher, honigfarbener Linoleum seine Schritte dämpfte.

– Das ist alles, was ihr könnt! Und die Kleinen, die zurückbleiben, fünf kleine Kinder!

Er packte ihren Arm immer heftiger.

– Ihr wißt es ja ... flehte die Schwester. Sie ist zu spät gekommen ... die Operation ist nicht gelungen. Lehnt Euch nicht auf ... Oh, laßt mich los!

Der Griff des Mannes lockerte sich. Er schrie nicht mehr. Sein Zorn ballte sich wieder in ihm zusammen. Dieses Spital! Ein Palast. Ein Hohn für die armen Leute. Wenn man weiß, wie es darin zugeht: die Auswürfe, die Fieberträume, die Todeskämpfe! Und alles ist heiter gestrichen, und die Schwestern segeln darin herum wie Sonntagsschiffe, und alles ist sauber, wie wenn der Tod hier keinen Zutritt hätte, der dreckige Tod mit seinem Fäulnisgeruch und seinen Würmern.

Plötzlich fiel sein Zorn zusammen. Er täuschte sich ja. Das war nicht der Ort. Das konnte nicht der Ort sein! Sein Kopf entleerte sich, sein Schmerz beruhigte sich. Er begriff jetzt, er sah klar: Er war betrunken. Er wußte schon, daß er getrunken hatte. Dann war es vielleicht gar nicht wahr ... Er sagte:

– Ich bin besoffen.

Er wiederholte:

– Ich bin besoffen. (Er lächelte.) Dann ...

Er bat die Nonne schüchtern, ihm seinen Irrtum zu bestätigen. Sie sollte ihm antworten: Das sind Einbildungen, Eure Frau ist nicht tot. Nein, sie konnte nicht tot sein. Und dann die Kleinen? Schon das war Beweis genug, daß sie nicht tot war.

Er stammelte nochmals:

– Der Beweis ... Nicht wahr, ich habe mich getäuscht? Entschuldigung.

46

Schwester Damien wandte sich ab. Jetzt war es ihr peinlich, schauderhaft peinlich.

Und er, demütig, angstvoll:

– Entschuldigung.

Sie hoffte, er werde gehen. Mit dem freigegebenen Arm deutete sie in der Richtung des Ausgangs, wie um die Luft wegzuschieben, um eine Furche zu ziehen, durch die der Mann hinauskonnte.

Aber er rührte sich nicht. Er dachte nach. Plötzlich stieß er wieder auf die Wirklichkeit:

– Sie ist tot!

Diesmal schrie er. Mein Gott, man konnte ihn in den Krankensälen hören!

Was sollte er jetzt anfangen mit der Liebe, die er für seine Frau empfand? Ja, was sollte er damit anfangen? Diese Liebe war in ihm gewachsen wie ein Baum, mit den Wurzeln, dem Stamm, den Ästen und ihren Verzweigungen. Er war voll davon; es gab keinen Raum mehr in ihm, den dieser Baum der Liebe nicht ausfüllte. Und jetzt sollte er ihn ausreißen, umhauen. Und die Kinder, die fünf? Was sollte er mit ihnen anfangen? Was ihnen sagen, wenn sie nach ihrer Mutter verlangten? Sie hätten alle zusammen sterben sollen, alle …

Eine einzelne Erinnerung tauchte aus dem Gedächtnis auf, etwas, das seiner Frau lieb war:

– Sie kann nicht mehr in ihr Tal heraufkommen! Sie wird ihr Stübchen nicht wiedersehen! Sie, die so an ihrer kleinen Stube hing.

Aus der Tiefe dieser wirren Not stieg das Bild eines Wohnraums auf, der nach Lärchenholz roch, und ein Bett mit einem weißen Überwurf, von roten Fäden durchzogen.

Hartnäckig wie ein Betrunkener kam er immer wieder darauf zurück:

– Sie wird ihr Stübchen nie mehr sehen!

Er drohte nicht mehr. Wozu auch? Seine Frau würde ihm niemand zurückgeben. Ein Krankenwärter trat hinzu, nahm ihn bei der Hand. Der Mann ließ es geschehen. Es war aus mit seiner Kraft.

Schwester Damien stand wieder allein im Korridor. Sie blieb nachdenklich. Wenn sie einmal gestorben war, würde niemand so nach ihr verlangen, niemand würde von einem geliebten Stübchen reden ... Denn sie besitzt ja nichts auf Erden, sie gehört zu niemandem.

Aber da kam ihr das Stübchen in den Sinn, das im Himmel auf sie wartete. Vielleicht gab es dort auch rosa Nelken vor den Fenstern und eine weiß gehäkelte Decke.

Wieder aufgeheitert ging Schwester Damien ihren Kranken nach, und ein sanfter Freudenwind rauschte durch die Flügel ihrer Haube.

## *Das Begräbnis*

Sie beerdigten Joachim.

Man kann nicht sagen, daß es eine traurige Beerdigung war; wenn es erlaubt gewesen wäre, hätte man sogar gesagt, es sei eine fröhliche Beerdigung. Als alter Lediger hinterließ der Tote weder Frau noch Kind. Niemandem war es ums Weinen. Man dachte: Es ist ihm wohl geschehen.

In der kalten Luft tanzten ein paar Schneeflocken, ganz klein und leicht. Man konnte das nicht wirklich schneien nennen. Das war kaum ein Vorspiel zu den großen Schneefällen später, im Februar. Den Leuten vom Leichenzug, die jetzt vor dem Pfarrhaus warteten, nachdem sie schon vor dem Haus des Verstorbenen gewartet hatten, setzten sich die Flocken auf die Kleider, vorab auf die Schultern, wo sie am besten haften; aber eine leichte Handbewegung genügte, sie abzuwischen, so trocken waren sie. Man schützte sich die Augen, indem man im Flug eine oder zwei Flocken mit den Wimpern auffing. Fast alle haben hier lange dichte Wimpern, vielleicht weil das Licht im Winter so grell ist oder im Sommer auf den Wegen. Aber die Flammen der beiden Wachskerzen, eine vor und eine hinter dem Sarg, flackerten nicht, sie blieben ganz aufrecht; man sah sie von weitem, und man wußte, daß dieses bißchen Schnee sie nicht auslöschen konnte.

Der Pfarrer war verspätet; man hatte ihn eben erst aus dem Pfarrhaus kommen und der nahen Kirche zueilen sehen, um dort das Priestergewand anzulegen. Es fehlte ihm ein wenig an Übung, das stimmt; die Beerdigungen sind recht selten im Dorf, wie auch die Hochzeiten und die Taufen.

Der mit einem Tuch bedeckte Sarg ruhte auf einer Bahre, fast zu ebener Erde. Diese Bahre ist gewöhnlich an die Mauer des Kirchturms gelehnt. Sie ist seit je dort und sieht so unnütz aus, so jeder Absicht bar, daß man schließlich gemeint hat, sie habe nie gedient und werde nie zu etwas dienen. Und jetzt ist sie plötzlich wichtig geworden. Man wird gewahr, daß sie unentbehrlich ist bei der Beerdigung.

Die vier Männer, die sie umstanden, bückten sich zu ihr nieder, und mit vereinten Kräften hoben sie den Sarg über sich hinaus, setzten ihn auf ihre Schultern, alle mit der gleichen Gebärde, der gleichen Würde, mit einer so schönen Gebärde, einer so großen Würde, daß alle, die dabeistanden, die Ehre spürten, welche dem Verstorbenen zuteil wurde. Man trug ihn, wie man hier in den Bergen alle Toten trägt, die Armen und die Reichen, die Alten und die Jungen. Man hebt sie vom Weg auf, über die Köpfe hinauf, über alle hinauf, denn es gehört sich, daß sie über uns seien, ehe sie unter uns zu liegen kommen.

Drei Glocken läuteten zusammen, aber jede gab ihren eigenen Ton zwischen dem, den man noch im Ohr hatte, und dem, den man schon kommen spürte. Man hatte dieses Läuten ersorgt, ja man hatte sich davor gefürchtet, und dennoch empfand man an diesem Morgen so etwas wie Freude, den Rhythmus wiederzufinden, an den uns die Totenglocke vom Vortag schon gewöhnt hatte. Dort oben, die Hände an eiserne Haken geklammert, kämpften zwei Mesner, jeder mit einer Glocke, die sich unter den Stößen seiner Tritte wiegte. Man sah sie nur teilweise: die Hälfte eines Körpers, bald ein Bein, bald einen

Rumpf. Der dritte läutete mit einem Seil und blieb unsichtbar.

Der Zug setzte sich in Bewegung. Auf der abfallenden Straße glitt er allmählich hinunter. Zuvorderst kamen zwei Chorknaben in schwarzen Pelerinen, der erste trug das lange Prozessionskreuz mit dem schmalen Querbalken, der zweite das Weihrauchfaß, darin folgten zwei Vorsänger, den Kopf über das offene Psalmenbuch gebeugt, dann der Pfarrer in seinem weiten, schwarzen Chorrock mit den festonierten Rändern und der goldenen Quaste im Rücken. Darauf mehrere Knaben – solche, die noch zur Schule gehen und die wie alle andern ihre Sonntagskleider angezogen haben, obgleich es ein Wochentag ist. Sie halten in ihren Händen die Kränze, welche ihre älteren Schwestern aus Tannenzweigen und Alpenrosenlaub geflochten haben, und auch den Perlenkranz mit den violetten Blumen, den Joachims Neffe gestern noch im Tal unten besorgt hat: *Unserem lieben Onkel zum Andenken.* Hinter dem Sarg der einzige nahe Verwandte des Toten, sein Bruder Simon, der mit Joachim zusammenlebte und auch Junggeselle war. Dann die Männer und am Schluß die Frauen.

Der Zug brauchte nicht lange, die Straße hinunter und dann wieder herauf zu kommen zur Kirche, deren Mauern vor dem rohen Weiß des Schnees ganz gelb schienen. Schon war er darin verschwunden. Nun war niemand mehr unterwegs. Eine verlassene Landschaft, ein verlassenes Dorf mit leeren Wegen, auf denen nur noch die Spuren der Schritte zu sehen waren, alle Spuren, welche die Menschen hinterlassen hatten.

Und erst jetzt wurde etwas Kleines groß: das Loch für den Sarg. Es gähnte schwarz und mindestens zwei Meter tief. Quer darüber, oberhalb der Stelle, wo der Kopf des Toten hinkam, lag die Schaufel und längs darauf die Hakke. So hatte man ihm, ohne zu denken, ein ganz natürliches Kreuz gemacht, ein Kreuz aus zwei Werkzeugen, die dem Verstorbenen vertraut waren wie allen Bauern, allen Arbeitern.

Das Loch klaffte gleich neben dem Ausgang, fast bei der Kirchentüre. Es wartete. Der Schnee eines Tages und einer Nacht würde nicht ausreichen, es aufzufüllen …

Der Friedhof, in einem felsigen und etwas abschüssigen Gelände angelegt, war bald zu klein geworden. Wenn jemand zu bestatten war, mußte man das älteste Grab öffnen, den Sarg herausziehen und ihn, wenn er entleert war, verbrennen, damit der neue Ankömmling einen Platz fand. Joachim sollte der dritte Insasse sein.

Außer seinem Grab und zwei andern lagen alle Gräber auf der Südseite in einer Reihe der Kirchenmauer entlang. So ruhten die Toten im Angesicht der Sonne und der höchsten Berge ihres Erdentales, ihres Tales der Tränen und der Freuden. Die Schneeschicht hatte die Grabhügel ausgeebnet, man konnte ihre genaue Abgrenzung nicht mehr erkennen. Man sah nur die Kreuze, alte Kreuze, ursprünglich mit kräftigen Farben bemalt, aber heute verwittert, nach rechts oder links geneigt, und jedes in der Mitte mit einem eingeschnitzten Herzen verziert. Und man verweilte einen Augenblick bei dem Herzen, das zu schlagen aufgehört und dessen Abbild man vor sich sah.

An rostigen, in die Mauer getriebenen Nägeln hingen die Perlenkränze. Ihre kalten, geruchlosen Blumen schienen dem Schnee entsprossen, der ebenso künstlich aussah wie sie, und diese Entsprechung verlieh ihnen eine seltsame Schönheit. Es gab einen ganz weißen Kranz, der wie ein Nest an den Armen des Kreuzes hing und einen kleinen Porzellanengel umrahmte, rosa und nackt, mit blauen Flügeln, dem sich die lebenden kleinen Mädchen oft mit sehnsüchtigen Blicken näherten: Was für eine hübsche Puppe wäre das!

Der Kirchentür gegenüber, auf der andern Seite des Weges, stand ein Vogelbeerbaum, der noch Dolden von leuchtend roten Beeren trug, kaum vom Frost geschrumpft. Bald vom einen, bald vom andern Ast herunter stieß eine Drossel seit dem frühen Morgen ihren dumpfen Ruf aus. Sie konnte sich nicht entschließen wegzufliegen. Worauf wartete sie?

Das offene Grab und der Vogel warteten über eine Stunde. So lange dauerte es, die Litaneien abzusingen, die Messe zu lesen, einzeln am Sarg vorüberzuziehen, ihn mit Weihwasser zu besprengen und die Monstranz zu küssen, die einem der Priester beim Vorbeigehen hinstreckte und die er nachher mit einem feinen Tüchlein abrieb. Die Kirche umschloß alle diese Worte und Gebärden und ließ nichts hinausdringen, nicht einmal den Orgelton.

Es schneite nicht mehr. Die Wolken gaben einen zartblauen Himmel frei, so blau wie auf den Bildchen, die man in die Meßbücher einlegt. Die Landschaft weitete sich, gewann Tiefe; die Wälder wurden schwarz.

Die Glocken setzten wieder ein, und die Leute strebten aus der Kirche heraus. Sie hatten alle gefroren. Man sah es an den grauen Wangen und an den farblosen Blicken der Kinder; die Frauen spürten beim Gehen ihre Füße nicht mehr, und die Männer schüttelten ihre schmerzenden Hände. Einzig die Vorsänger hatten mit ihrem Singen ein wenig Wärme im Körper behalten. Sie sangen immer noch. Der Sarg, von dem man das Tuch weggezogen hatte, wurde vor dem Grab abgestellt, und der Priester warf eine Schaufel voll Erde darauf. Die Männer hielten sich zu ihm; man erriet, daß ihre Gegenwart notwendig war, daß sie einen guten Grund hatten, hier zu sein, während die Frauen sich rechts von der Türe zusammendrängten, abseits, wie die Frauen hier immer stehen bei öffentlichen Kundgebungen. Wortlos schauten sie zu in der Einsicht, daß sie doch nicht zu brauchen seien.

Das Totengeläute war einem so eingegangen, daß man es nicht mehr hörte, aber plötzlich horchte man auf, vor allem die Älteren. Sie hoben ein wenig den Kopf mit verlorenem Blick. Die Jungen schienen weniger aufmerksam, aber auch sie hörten hin. Welche der beiden größeren Glocken verstummte zuletzt? Das war es, was sie wissen wollten. War es die zweite, so bedeutete das, die nächste Totenglocke werde einer Frau geläutet, war es die erste, so galt das nächste Totengeläut einem Mann. Es war die zweite. Die Männer empfanden eine gewisse Erleichterung, aber Alphonse, dessen Mutter seit dem Herbst bettlägerig war, wurde böse und brummte: »Das ist Aberglaube, ich jedenfalls glaube nicht daran.«

Jetzt schien alles vorbei zu sein. Jeder hatte seine Aufgabe erfüllt, es blieb nur noch die der Totengräber übrig. Die beiden Läuter waren aus dem Turm verschwunden. Man hoffte, die Glocken würden einen nun in Ruhe lassen, man brauche sie nicht mehr zu hören. Aber just, als wir sie vergessen wollten, fielen sie noch einmal über uns her, alle vier zusammen mit einem Schlag. Es war ein abscheulich falscher, unmenschlicher Laut, böse, wie es das Jenseits sein kann, wie alles, was dem Leben entgegensteht. Er kam von den vier zusammengebundenen und zurückgestoßenen Klöppeln. Und kaum hatte man sich erholt von der Qual, die einem dieser erste Mißton verursachte, so folgte schon der zweite und dann der dritte. So hatte man es immer gehalten im Dorf, wenn ein Begräbnis zu Ende war.

Das war nun wirklich der Schluß. Vor der Kirche blieben nur noch die Totengräber und drei Kinder zurück. Dies muß der Augenblick sein, da sich der Tote am meisten verlassen fühlt. Gesang und Gebete, Weihrauch, Kerzen, die allgemeine Hochachtung umgeben ihn nicht mehr. Er ist zum erstenmal allein, und es geht nur noch darum, ihn in die Grube hinunterzulassen mit einem

Strick. Man hat jetzt genug, man will ihn los sein. Und da die Glocken verstummt waren, hörte man in der entstandenen Leere nur noch den dumpfen Aufschlag der Erde, die, Schaufel um Schaufel, auf den Sarg hinunterkollerte. Es war eine hartgefrorene Erde, die sich nicht leicht abstechen ließ, man mußte sie aufhacken und schollenweise herausreißen. In der großen, weißen Landschaft gab es nur noch dieses eine Geräusch.

Die Drossel war weggeflogen, die Kinder entflohen.

*

Anstatt nach Hause zu gehen, wandten sich die Leute vom Leichenzug einem ehemaligen Café zu, das Gaspards Familie als Abstellraum benutzte. Der Saal diente nicht mehr seinem ursprünglichen Zweck, seit es mitten im Dorf eine Pension mit Gastwirtschaft gab, an deren Inhaber Gaspard sein Recht zu wirten abgetreten hatte. Für das Leichenmahl, zu dem die Verwandtschaft des Verstorbenen alle einlud, hatte man dieses ebenerdige Lokal gewählt, weil die Räume der andern Häuser nicht groß genug gewesen wären.

Auf den Tischen wartete schon Brot, Wein und Käse. Man setzte sich ringsum. Man fühlte sich wohl, man vergaß die Kälte, den Tod. Die einen redeten, die andern sagten nichts, und man konnte nicht wissen, ob sie den Redenden zuhörten. Man aß, man trank. Es sah nicht nach einem Werktag aus, sondern nach einem Sonntag oder nach einem Fest. Keiner dachte mehr an den alten Joachim. Man erinnerte sich höchstens an das unterbrochene Tagwerk, das man wieder aufnehmen sollte. Es war die Zeit, wo man in den Maiensäßen den Roggen drischt, wo man das Schwein schlachtet, wo man aus Lärchenholz Stickel zuschneidet für die Reben drunten am Bergfuß, die man dann in der Fastenzeit hacken geht.

Am einen Ende des Tisches, den Kopf vorgebeugt und die Hände flach auf den Knien, saß Simon, der Bruder des Toten. Bis zu diesem Tag hatten die beiden Brüder zusammen gehaust in derselben Wohnung, die aus einer Kammer bestand und aus einer winzigen Küche, wo die Feuerstelle war. Sie paßten gut zusammen. Zwei arme Schlukker, an alles gewöhnt. Am Morgen aßen sie nie etwas, und der einzige Luxus, den sie sich bei seltenen Gelegenheiten leisteten, bestand darin, ihre Mittagsuppe mit einer Prise Mehl zu binden. Ohne Glück und Schlauheit waren sie nicht imstande, aus ihrem kargen Besitz etwas herauszuschlagen, und so waren sie in Schulden geraten. Aber sie hatten einen Neffen, den Neffen Gaspard, der etwas von Geschäften verstand und sich um ihre bescheidene Habe kümmerte. Mit Geduld und Geschick gelang es ihm, Schulden zu tilgen. Auf diese Weise war er so etwas wie der Schutzpatron der beiden Alten geworden; er legte auch ihre Arbeitszeit fest. Gaspard ist für die beiden der liebe Gott, pflegten die Leute zu sagen; aber andere fügten hinzu: Ja, er hat sie zu seinen Sklaven gemacht.

Simon sah immer noch auf seine ausgestreckten Hände, ohne zu essen, und sein Schnurrbart hing auf beiden Seiten lang herunter. Er dachte: Jetzt bin ich allein. Er wiederholte es halblaut vor sich hin, dann öffnete er die Augen und blickte sich um. Es stimmte nicht, er war nicht allein. Einer rief:

– He, Simonette!

Man nannte ihn so aus Freundschaft und weil die Mundart gern Verkleinerungsformen hervorbringt.

– He, Simonette, trink ein Glas, das bringt dich auf andere Gedanken!

Einer Frau fiel es auf:

– Er hat eine neue Kleidung. Du bist schön heute, Simon.

Der Neffe erklärte:

– Ja, ich habe sie ihm in Sierre unten gekauft. Achtundfünfzig Franken mußte ich auf den Tisch legen, und ich habe ihm gesagt: »Das ist dein letztes Gewand.«

Und zum Onkel:

– Nicht wahr, Simonette, das gibt dir warm bis ans Lebensende!

Und er begann zu lachen.

Der Alte nickte zustimmend mit dem Kopf. Tatsächlich kam er sich schön und sauber vor. Er bekam Gewissensbisse, weil er sich so zufrieden fühlte. Er murmelte wieder vor sich hin: »Jetzt bin ich allein.« Da bemerkte er, daß ein kleiner Junge und ein kleines Mädchen neben ihm standen, die Kinder des Neffen, die sich genähert hatten, um ihn besser zu sehen. Und da sie seine einzigen Zuhörer waren, anvertraute er ihnen, was ihm noch auf dem Herzen lag:

– Joachim, der hatte jemanden, der ihn bis zum Tod begleitete, während ich ganz allein von dieser Welt muß …

Was er so deutlich empfand, das wollte offenbar niemand glauben, denn die Kinder gaben ihm zur Antwort:

– Man hat uns gesagt, daß du von heute abend an bei uns wohnst.

Da sie müde wurden, ihn zu mustern, und sich in dem rauchigen, überfüllten Lokal beengt fühlten, gingen sie hinaus. Draußen vor der Tür standen andere Kinder. Sie wetteiferten, wer an die Holzschuhe die höchsten Schneesohlen kleben könne; und eines von ihnen, ein Junge mit durchsichtigen Zügen, begann die Aufmerksamkeit der andern auf sich zu lenken durch seine ungewohnte Art zu gehen und sich im Kreise zu drehen.

– Seht einmal, schrie er ihnen zu, ich gehe nur auf den Fußspitzen, nur auf den Zehen!

Und die kleinen Mädchen staunten ihn an wie einen Erzengel.

Im Saal wurde es immer gemütlicher, eine Sonntagsstimmung nahm überhand. Es ging eine Art Friede und

Ruhe von diesen sitzenden Bauern aus, aber es war die geheimnisschwere Ruhe der Erregbaren, die vielleicht Verwirrung und Ängste verbarg … Die Haarschöpfe krausten sich dicht, fast angriffig; kein Kahlkopf, kaum ein oder zwei gelichtete Scheitel. Sie waren alle breit gebaut mit kräftigen Schultern, auch die Frauen, wettergebräunt, aber manche Adern auf Stirn und Händen wanden sich gequält, manche Gesichter verkrampften sich, und im Gelächter schwang da und dort ein unechter Ton mit. Neben vielen klaren Blicken gab es auch glasige oder stechende, und in allen bebte eine Spur jenes Grauens, das die Einsamkeit erzeugt.

Am Tisch der Alten wurde wenig gesprochen. Plötzlich sagte einer von ihnen, als hätte er eine Frage beantwortet:

– Es ist die zweite.

Niemand hatte ihn darnach gefragt, aber alle begriffen, was er meinte. Ein anderer nahm es auf:

– Erinnert ihr euch noch an den Tag, als Chrétien, der dazumal Mesner war, für Bernard Zufferez läuten sollte? Wie er zu seinen Söhnen sagte: Geht ihr statt meiner und läutet die Totenglocke, ich spüre, daß ich es nicht kann. Eine Macht hat ihn daran gehindert …

Sein Nachbar ergänzte:

– Er konnte es nicht, weil im folgenden Jahr das Geläut ihm selber galt.

Ja, alle erinnerten sich an diese Geschichte. Und noch andere Geschichten kamen ihnen in den Sinn, jedesmal ganz genau bis ins einzelne, so daß die genannten Personen Leben annahmen, dastanden im Saal, und jeder konnte sie betrachten. Man hatte wiederum den Toten des Tages völlig vergessen. Aber sein Bruder Simon begann an ihrer Stelle an ihn zu denken. Jetzt, da alles vorbei war, konnte er in ihn denken, jetzt hatte er Muße dazu. Er dachte an Joachims letzte Wochen und Tage; er tat es ohne Wehmut, aber er hatte Zeit und nutzte sie.

Joachim hatte wohl schon seit mehreren Wochen gefiebert. Man hörte ihn manchmal sagen: »Ich weiß nicht, was mit mir los ist, ich komme aus der Müdigkeit nicht mehr heraus.« Mit Simon und den andern Männern der Gemeinde half er beim Bau der neuen Bergstraße, und seine letzten Arbeitstage waren die kältesten im ganzen Jahr. Die Kälte drang überall in ihn ein, und er machte sich Sorgen wegen seiner zerrissenen Hosen, aus denen die Knie hervorschauten – so mager, als hätten sie weder Fleisch noch Haut. Er schämte sich. So schwach war er geworden, daß er den Pickel kaum zu heben vermochte. Man hörte ihn auf die hart gefrorene Erde zurückfallen, ohne sie zu verletzen. Da gab man ihm eine Schaufel. Er füllte sie mit Kies und zog sie über den Boden, daß es knirschte.

Der Neffe, dem die Überwachung und Verteilung der Arbeiten oblag, sah ihm zu und meinte: »Der hat sich wieder einen Rausch angetrunken und kann sich nicht davon erholen.« Und da die übrigen nicht antworteten, weil sie keine Zeit hatten, ihm zuzuhören, oder weil sie ihre Zweifel hegten an dem, was Gaspard erzählte, setzte er wieder an: »Ja, ja, so ist das jedesmal: Wenn er einen sitzen hat, so ist er acht Tage nicht zu gebrauchen.« Es stimmte, daß Joachim gelegentlich eins über den Durst trank. Nicht oft.

Eines Morgens war er aufgestanden, hatte sich angezogen. Er bemühte sich, einen Augenblick stehen zu bleiben, dann stammelte er beschämt:

– Ich muß mich wieder hinlegen, ich kann nicht gehen heute.

Und er legte sich wieder hin. Man ließ den Doktor aus dem Tal heraufkommen. Der untersuchte den Alten und erklärte:

– Eine Brustfellentzündung. Es ist aus mit ihm.

Die Leute im Dorf erfuhren die Nachricht, und keiner wunderte sich.

Man besuchte den Kranken, die Kinder spielten in der

Kammer, und am Abend saßen dort oft ein paar zusammen: Eine gute Gelegenheit für Verliebte, ein wenig zu schäkern, während sie bei dem Sterbenden wachten. Lucien, der im gleichen Alter war, kam herein, die Zigarre zwischen den Zähnen, setzte sich ans Bett und rauchte schweigend weiter. Simon war auch da, aber er hielt sich so ruhig, daß man ihn gar nicht beachtete, außer wenn er aufstand, einen Schluck Tee in einen Löffel goß und ihn dem Bruder an die Lippen führte.

Am letzten Abend sagte der Neffe zu Joachim:

– In deinem Zustand hätte es Augustin Favre noch drei Tage ausgehalten, aber der war robust, während du ausgebrannt bist, bei dir geht es nur noch ein paar Stunden – mach dich auf den Tod gefaßt.

Er meinte ausgebrannt von der Krankheit. Und der Alte nickte zustimmend, ja, ja, denn es entging ihm kein Wort, er war noch völlig bei Sinnen. Ohne Furcht vor dem Sterben und versehen mit den Sakramenten der Kirche, war er glücklich, soweit er eben glücklich sein konnte.

Spät in der Nacht kam der letzte Augenblick. Es waren nur noch Gaspard, Lucien und Simon in der Kammer. Woran merkten diese Männer, daß das Ende nahte? Welch geheimer Spürsinn zeigte es ihnen an?

– Wenn du noch ein Wort zu sagen hast, so sage es jetzt, nachher kannst du es nicht mehr! rief der Neffe.

Nein, Joachim hatte nichts zu sagen.

Die drei Männer beobachteten das Gesicht auf dem Kissen, dieses wissende Gesicht, aus dem das Leiden eines ganzen Lebens sprach. Es war geblieben, wie es vor der Krankheit gewesen war, vielleicht weil diese Krankheit seit je in ihm gewohnt hatte. Wenn man es so vor sich sah, dachte man: Dieses Gesicht ist nicht wie das der andern Alten, es fehlt etwas darin … Und schließlich begriff man: Was fehlte, war die Eigensucht.

Joachim hielt die Augen fast immer geschlossen oder

halb geschlossen, so schwer waren seine Lider, so groß in den großen Höhlen. Wenn er sie hob, sah man seinen bleichen, graugrünen Blick, den mißtrauischen und ironischen Blick, der von den andern nie etwas erwartet hat. In die Augenbogen und die vorstehenden Backenknochen, von denen ein Grat bis zum Mund hinunterlief, hatte sich das bißchen Fleisch, das noch da war, zurückgezogen, der Rest war nur Haut und Knochen. Diese Partien, von der Luft und vom Fieber gerötet, stachen ab von der Lehmfarbe des übrigen Gesichts. Die schmalen Lippen öffneten sich und legten eine Reihe kleiner weißer Zähne frei, von denen nur einer fehlte. Man sah nur das rechte Ohr, das andere blieb verdeckt, aber dieses wächserne Ohr erschien auffallend zart und kostbar.

Die Männer bemerkten alle diese Dinge, weil sie jetzt Zeit hatten, sie zu betrachten.

Joachim versuchte sich aufzurichten; ohne die Augen zu öffnen, sagte er:

– Ich habe Durst.

Das war der allerletzte Augenblick. Der Neffe beugte sich über das kleine Ohr und sprach mit kraftvoller Stimme den Akt der Reue: »*Oh, mein Gott, alle meine Sünden reuen mich von ganzem Herzen, weil ich von dir Strafe verdient habe und weil ich dich, meinen besten Vater, meinen gütigsten Erlöser, das höchste und liebenswürdigste Gut, beleidigt habe. Mit deiner Gnade nehme ich mir fest vor, nicht mehr zu sündigen.*«

Lucien zog weiter an seiner Zigarre; Simon fing in einem Winkel mit seinen ungeschickten Fingern die Tränen auf, die ihm über die Backen liefen. Gaspard schwieg im Bewußtsein, seine Aufgabe erfüllt zu haben. Da es Winter war, gab es keine Fliegen, höchstens eine oder zwei, die halb lahm über den Fußboden krochen.

Jetzt ruhte Joachims Haupt. Es war das Haupt Christi nach dem letzten Atemzug, aber niemand in der Kammer dachte daran. Diese Menschen stellen Christus zu hoch über sich, als daß sie es wagten, ihn mit einem der ihren zu vergleichen. Sie wissen nicht, wie nahe sie ihm sind, sie sehen nicht, daß ihr Leben sie ihm schließlich ähnlich macht. Sie würden lachen oder sich empören, wenn man es ihnen sagte. Sie wissen es nicht. Es ist besser so.

Sie legten ein Tuch über das Gesicht des Toten und gingen hinaus.

✳

Aber jetzt weinte Simonette nicht, es war ihm nicht mehr drum. Er fühlte sich wohl, fast glücklich. Die Leute im Saal waren immer noch am Essen. Aber es gab doch einen, der nichts hinunterbrachte; das war Martin, einer der Totengräber. Er stand auf, wankte zum Fenster und öffnete es. Er atmete heftig und fuhr sich mit der Hand über das feuchte Gesicht. Hector, der zweite Totengräber, maß ihn mit einem Blick und sagte zu den andern:

– Es ist ihm übel. Das ist so, seit er den Sarg von Fabien Favre eingedrückt hat. Oh, der kann jetzt dann ein paar Tage lang weder essen noch schlafen. Er muß immer daran denken. Der Geruch vor allem, der bleibt.

Sie kannten ihn alle, diesen faden Geruch, der nicht mehr aus einem heraus will und den man nicht vergessen kann. Sie griffen nach ihren Gläsern und zogen den Duft des Weines ein, um den andern loszuwerden. Ein junger Mann erhob Einspruch in gehässigem Ton, denn er wußte im voraus, daß man seiner Stimme keine Beachtung schenken würde:

– Man sollte sie nicht mehr so begraben … die einen über den andern!

Aber Hector, der seine Sätze gerne wiederholte, fuhr fort mit seiner seltsam metallisch klingenden Stimme, die man nicht überhören konnte:

– Als er den Sarg eindrückte, wie man es jedesmal tun muß – und das war noch einer von denen, die Antoine geschreinert hatte, aus Arvenholz, anderthalb Zoll dick, fast nicht verfault – da hat Martin mit der Schaufel zusammengenommen, was drin war, ohne hinzuschauen, er wollte lieber nicht … Er hat die Reste mit der Schaufel zusammengenommen, aber er spürte, daß es weich war und nicht kommen wollte. Da hat er hingeschaut …

Keiner sagte ein Wort.

– … Fabien war nämlich noch nicht genug zersetzt. Und doch lag er seit zwölf Jahren unter dem Boden. Aber er hatte noch Fleisch an den Knochen, und die Knochen hielten noch zusammen.

– Der liebe Gott hat gesagt: Aus Staub bist du gemacht, und zu Staub sollst du wieder werden, und hier oben können wir nicht einmal das! seufzte ein Alter.

– Ich, sagte ein anderer, der auch einmal Totengräber gewesen war, ich erinnere mich noch, wie wir Camille, Alfreds Großvater, herausholten, um Fabien hineinzulegen. Ich habe ihn gesehen. Seit dreizehn Jahren lag er drin. Aber er ist ganz zum Vorschein gekommen, man erkannte ihn … Natürlich war er schwarz und zusammengeschrumpft, aber der Umriß war nicht verändert, die Haare auch nicht.

– Und die Kleider? fragte einer, hat man die noch gesehen?

– Ja, man sah sie noch, aber schwarz, ganz schwarz.

Hector, in der Meinung, seine Geschichte sei noch nicht zu Ende, griff sie wieder auf. – Als Martin das sah, hat er dem Grab den Rücken gekehrt und hätte sich am liebsten übergeben … aber er konnte nicht. Es ist vor allem der Geruch, dieser süßliche Geruch … Oh, jetzt plagt ihn das wieder manchen Tag.

Martin, hinten im Saal, war völlig betrunken.

– Aber jetzt, schloß Hector, jetzt wird dann der Gemeinderat verfügen, daß man von heute an keine Särge mehr öffnet. Man wird sie so lassen, wie sie sind; man wird einfach noch tiefer graben, damit genug Platz da ist.

Sie redeten noch eine Welle von all diesen Dingen, gelassen, ohne sich zu verwundern, mit genauen und schicklichen Worten. Und den Zuhörern war das weder peinlich noch widerlich. Der Tod war gegenwärtig geworden, ohne Trauer, ohne Schrecken, eine ganz natürliche Gegenwart.

Fast zu natürlich.

## Die Kranke

Seit Wochen spürte sie es kommen. Und weil sie nicht wußte, was ihr bevorstand, wurde ihre Angst noch größer.

Es waren keine Einbildungen. Sie litt wirklich an ihrem Körper und an ihrer Seele; das Übel war da, auch wenn keiner es benennen konnte, sie mußte schon auf ihre Schmerzen achten. Sie lauschte. Ihr Blut ließ sich hören. Anstatt lautlos und unbewußt durch die Adern zu fließen, sprudelte es, stieß sich an ihr, wie die Rhone an die Wände ihres Bettes stößt, und brachte sie ins Wanken.

Sie versuchte, nicht daran zu denken. Nie hatte sie so energisch gearbeitet, so wild. Aber jedesmal wenn sie innehielt, um Atem zu schöpfen, sah sie, näher und näher gerückt, etwas Unerklärliches auf sie lauern. Alles führte sie darauf hin: Es gab kein Entrinnen.

Nach den Wallungen des Blutes, die sie so außer sich brachten, daß sie zitterte vor Erregung, aber doch voll Leben war, kam eine große Trockenheit über sie, wie die Dürre, welche das Land quälte. Seit vierzig Tagen war kein Tropfen Regen gefallen, und nicht eine Wolke zeigte sich am Himmel, kein Schatten, keine Hoffnung. Ein Land in Blau und Gold, den Farben heiliger Freude; aber den Bauern lag die Furcht schwer auf dem Herzen. Was braut sich da zusammen? fragten sie sich.

Ende März war alles hervorgekommen, alles hatte ge-

65

blüht mit einer ungesunden Hast und Pracht: die Aprikosenbäume, die Pfirsich- und Mandelbäume und dann, ohne zu warten, die Birnbäume, die Kirschbäume, die Pflaumen und ein paar frühe Apfelsorten. Dann gab es einen Stillstand, einen Anflug von Ewigkeit ... Der Frost kam. Und wenn man auch nachts mehr als dreißigtausend Öfchen anzündete in den Weinbergen und Pflanzungen, wenn man auch Tücher über die Gewächse ausspannte und in den Gärten Feuer entfachte, es war umsonst. Am Palmsonntagabend sank das Thermometer auf neun Grad unter Null. Anderntags, unter einer hellen, kalten Sonne, erschien die Landschaft verwelkt, verschrumpft, geschwärzt. »Alles ist zum Teufel!« schrien die Leute. Kein Wein, keine Früchte. Und als sie merkten, daß es auch fast kein Gras gab, gerieten sie in Verzweiflung. Im Mai blieben die Weiden gelb. »Die Kühe müssen Erde fressen!« Von den Berghängen flossen keine Bäche, und die Rhone führte so wenig Wasser, daß man die angrenzenden Felder nicht damit tränken konnte, man redete auch von der Maul- und Klauenseuche, die aus dem Unterwallis heraufkam.

Für Albine und ihren Mann gab es nichts mehr zu ernten. Dennoch konnte sich Albine nicht enthalten, auf die Klagen ihres Körpers zu hören. Er ließ sie nicht in Ruhe, er litt an einem Übel, wogegen man kein Mittel kannte. Sie suchte die Ärzte auf und sagte zu ihnen: »Mein Blut macht mir zu schaffen.« Sie lächelten spöttisch: »Das ist dieses Alter«, und gaben ihr Pillen.

Sie aß kaum mehr und wurde doch immer dicker. Wenn man ihr gerötetes Gesicht sah – das doch etwas verdächtig aufgedunsen war –, so wollte man nicht glauben, sie sei krank.

– Du bist aber hübsch fett geworden! verwunderten sich ihre Freundinnen.

– Wenn man so aussieht, ist man nicht krank, fügte ihr Mann bei.

– Sie sind alle gegen mich! jammerte Albine. Sie machen sich alle nur über mich lustig. Sie meinen, ich hätte eingebildete Krankheiten, aber ich weiß doch, daß ich wirklich eine habe.

Sie hatte Angst, grauenvolle Angst vor dem, was sie kommen fühlte … »Ich werde das nicht aushalten«, murmelte sie. Sie redete jetzt oft mit sich allein, da ihr doch niemand zuhören wollte.

Albine, die sonst so gläubig war, so fromm, verlor ihren Glauben, weil sie Gott nicht mehr lieben konnte. Wie hätte sie ihn lieben können? Die Geschöpfe mußten zu viel leiden, und er blieb taub für ihre Not. Er war verantwortlich für alle irdischen Schmerzen. Weder der Opfertod seines Sohnes noch die Vergeltung im Himmel entschuldigten das, dachte sie. Als ihr klar wurde, daß sie sogar Christus lästerte, wurde sie tief unglücklich. Sie hatte Ihn so sehr verehrt. Seine Leiden waren doch unendlich, gleicherweise menschlich und göttlich, aber, sinnierte sie weiter, das war nur ein Leiden im Vergleich zu allen Leiden aller Menschen.

– So weit ist es schon mit mir gekommen! sagte sie sich entsetzt.

Sie verfiel nicht auf den Gedanken, sich umzubringen. Sie war zu matt, um diese Gebärde zu wagen, die ein lebendiger Beweis der Auflehnung ist und der Unabhängigkeit.

Sie wünschte sich den Tod, aber sie zweifelte daran, daß er ihren Ängsten ein Ende setze. Es war nicht nur ihr müder und doch so kraftvoller Körper, der litt, sondern ihre Seele, auch sie vom Blut bedrängt.

Bei den älteren Frauen erkundigte sie sich nach den Beschwerden des kritischen Alters.

– Oh, erklärte die eine, manchmal wird man, ich weiß nicht für wie lange (vielleicht eine Minute, vielleicht eine Stunde), eine ganz andere Person mit fremden Gedanken und Bewegungen, die man nicht mehr lenken kann. Man tut Dinge, die man für gewöhnlich nicht täte; und erst hinterher gibt man sich Rechenschaft ...

Man hörte aus dem veränderten Ton ihrer Stimme, in welche Schwierigkeit und Verwirrung sie geriet, wenn sie ihre Eindrücke wiedergeben sollte.

– Mir, erzählte eine zweite, geschah es, daß ich das Bewußtsein verlor, wenn ich in den Reben an der Arbeit war. Ich fiel hin, ohne es zu merken. Blieb ich wohl lange so liegen? Ich habe es nie herausgefunden. Ich öffnete die Augen und lag am Boden in einem Graben. Ich stand wieder auf und sah mich um, ob mich niemand beobachtete. Das hätte ich nicht gewollt ... Ich schämte mich.

Nein, bei Albine war das nicht so. Es war ihr immer bewußt, was sie tat. Ein Teil ihrer selbst beobachtete unablässig den andern, kritisierte ihn, ließ sich nichts entgehen.

– Du denkst zu viel an dich selber, warf ihr der Mann vor.

– Ich muß ja wohl, gab sie zurück.

Oh! sie hätte sich schon gewünscht, das Bewußtsein zu verlieren, traumlos tief zu schlafen. Sie schlief nicht mehr, oder dann blieb, während sie schlief, ihr Verstand wach und quälte sie. Wem sollte sie sich anvertrauen? »Man würde mich für verrückt halten.« Dem Doktor hatte sie es zu erklären versucht; aber sie gab es bald auf, denn er hatte nur gelächelt und mit seiner groben Stimme ein paar Worte gemurmelt, die im Zimmer widerhallten wie das Gebrumm einer Fliege. Aber begriffen hatte sie nichts. Und wieder hatte er ihr Pillen verschrieben. Doch sie verachtete diese Pillen.

– Ja, ja, sagten die Frauen, man kann dreißig, fünfzig oder sechzig sein, sie geben einem immer die gleichen! Da, sieh zu, wie du durchkommst. Ach, man ist schon auf sich selbst angewiesen in solchen Dingen.

Auch den Feldern und Wiesen war nicht zu helfen. Die

Männer stritten sich um das immer spärlicher fließende Wasser. An den Bewässerungstagen gab es Flüche und Schläge. Da hatte sich Albine ganz allein auf die Suche gemacht nach Heilmitteln, nach Beruhigung. Wie die Erde hatte sie ein Bedürfnis nach Kühle, sie brauchte Gräser und Blätter. Anstatt sich am Abend nach dem Essen vor die Haustüre zu setzen und zu plaudern, verkroch sie sich in den benachbarten Obstgarten. Am Fuß der Bäume legte sie sich auf den Bauch, und alle Feuchte der Wiese stieg in ihren Körper und tat ihm wohl. Sie lernte die weichen Gräser von den scharfen unterscheiden, die glatten von den rauhen, und kannte ihren säuerlichen Geruch. Sie machte auch die Erfahrung, daß keine Blätter feiner anzufühlen sind als die des Flieders. In ihrem Gärtchen stand ein Fliederstrauch. Im Vorbeigehen riß sie ein paar Handvoll Blätter ab und legte sie sich auf die heißen Schläfen und Wangen.

Aber eines Tages, als sie im Gras lag und niemand sie sehen konnte, wurde sie plötzlich ganz durchnäßt vom Wasser, das den Boden überschwemmte. Das Wasser lief ihr den Hals entlang und an den Hüften herunter. Sie blieb liegen, obgleich sie wußte, daß es nicht gut war, so in der Nässe zu bleiben, nicht anständig, und daß man sich eine Lungenentzündung holen konnte. Über ihr auf dem Wiesengrat gingen zwei Männer aufeinander los. Beide schrien gleichzeitig:

– Zeig deinen Zettel!

Jeder zog einen Zettel aus der Tasche und verglich ihn mit dem des andern.

– Ich am 11. Mai! sagte der eine, du am 18.

Heute ist der 11. Mai, dachte Albine. Plötzlich kehrte sie in die Wirklichkeit zurück. Aus Angst, überrascht zu werden, stand sie auf und lief geduckt weg. Die Männer sahen sie nicht. Sie hörte hinter sich den Streit enden mit dem Ausruf:

– Mein Gott, was für ein Durcheinander!

Als ihr Mann heimkam und in der Küche Albines noch feuchte Kleider entdeckte, wurde er böse und schalt sie heftig aus. Sogar er ließ sie im Stich! Sie drehte sich zur Wand und weinte die ganze Nacht.

Sie waren alle gegen sie verbündet! Die Männer und Gott.

＊

Als Albines Mann am nächsten Abend aus den Reben heimkam, fiel ihm auf, daß man ihn auf ungewohnte Weise musterte, eindringlich und verlegen zugleich. Man wich ihm aus, um ihn durchzulassen. Er hörte Schreie. Vor dem Haus, in dem er den dritten Stock bewohnte, sah er seine Frau oben auf dem Fensterbrett sitzen mit baumelnden Beinen. Sie sang. Plötzlich blickte sie eine vorbeigehende Nachbarin scharf an und rief ihr zu:

– Komm herauf, du bist eine Tote, und ich bin eine Tote, wir können zusammen gehen.

Die Frau bekam es mit der Angst zu tun und rannte davon. Sie wußte schon, warum Albine ihr das nachrief. Auch sie war krank gewesen, aber ihre Krankheit war bekannt, und man hatte sie heilen können. Heute wollte Albine sie zu sich herüberziehen, sie teilhaben lassen an ihrem Wahnsinn. Schauderhaft!

Jetzt johlte Albine. Unten lachte man und wartete ab, denn Albines Mann war hinaufgeeilt. Er wollte sie packen und vom Fenster wegziehen, aber sie wehrte sich mit solcher Heftigkeit, daß er in die Kammer zurückgeschleudert wurde. Er rief andere Männer zu Hilfe. Sie tobte, so daß man sie zu viert halten mußte. Sie schrie ihnen Flüche ins Gesicht, und Louis schämte sich, sie so reden zu hören, gerade sie, die sonst nie ein unflätiges Wort in den Mund nahm. Die andern sagten zu ihm:

– Man muß sie aufs Bett binden, das ist das einzige Mittel, sie zur Ruhe zu bringen.

– Nein, antwortete der Ehemann, ich will nicht, daß man sie wie ein Tier anbindet. Wenn es nicht anders geht, werden wir sie hier zu dritt oder viert bewachen.

Dieser Zustand dauerte zwei Wochen. Sie schloß kein Auge, sie aß nicht. Sie redete ununterbrochen. Sie erkannte die Leute. Wenn sie unten auf der Straße vorbeigingen, brüllte sie jedem etwas zu.

– He, Justin, komm herauf! He, Mathieu, wir wollen zusammen tanzen!

Die Nachbarin wagte nicht mehr, sich blicken zu lassen vor dem Haus aus Furcht, aufs neue angerempelt zu werden.

Man versuchte es mit verschiedenen Doktoren. Sie kamen, schüttelten den Kopf:

– Das ist die Wirkung des Blutes.

Und Louis konnte sie noch so flehentlich anschauen, er spürte, daß von ihnen keine Hilfe zu erwarten war.

– Vielleicht ist sie vom Dämon besessen, gab ein Alter im Dorf zu bedenken.

Und man erinnerte sich an die biblischen Geschichten, die man in der Schule besprochen hatte und die von dergleichen Dingen berichteten. Ja, Albine war vielleicht besessen. Man ließ den Pfarrer kommen, damit er ihr den bösen Geist austreibe. Er sprach seine Gebete und verzog sich wieder, sehr verwirrt von den Beschimpfungen, die ihm Albine an den Kopf geworfen hatte. Er fand sie zu weiblich, zu ortsgebunden, als daß er sie dem Dämon hätte zuschreiben können.

– Laß Prilou kommen, sagte jemand zu Louis; wo die andern versagen, hat er Erfolg.

– Ja, aber wo die andern Erfolg haben, versagt er. Dem ist schon mancher gestorben.

– Aber andere hat er durchgebracht, solche, die man

schon aufgegeben hatte. Das Erkennen der Krankheiten ist seine Stärke …

Man ließ Doktor Prilou heraufkommen.

∗

Er kam. Er lächelte nicht wie die Überlegenen und wirkte auch nicht unsicher oder ratlos wie die Ehrlichen. Er schien sich sofort zu interessieren. Der Fall gefiel ihm, weil er selten war und geheimnisvoll. »Warum vor dem Tod erschrecken?« sagte er gern. »Der Tod ist so natürlich wie das Leben, ex aequo.«

Ohne Zögern wußte er die Krankheit zu benennen, und er brauchte ein paar Fremdwörter, die großen Eindruck machten. Man hörte ihm beruhigt zu. Er verrührte ein Pulver in einem Glas Wasser und streckte es Albine hin, die jetzt ganz fügsam war.

– Trink, befahl er.

Dann sagte er:

– Ich will einen Augenblick warten, um das Ergebnis zu sehen.

Es konnte der Tod oder die Heilung sein. Es war die Heilung.

Draußen lasteten dicke, schwarze Wolken über einer Landschaft, die so wunderbar unbewegt dalag und still wie jede Landschaft vor dem Regen.

## Von dem, der auf den Tod wartete

In die Bergflanke war ein großer Fels eingelassen. Wie ein Flügel sah er aus, der Flügel eines Erzengels. Er trug eine Handvoll Erde, drei Häuser, ein paar Wiesen, einen Rebberg. Der Rest bestand aus Steilhängen und Geröll. Wenn man vom Tal unten hinaufschaute zu diesem letzten Garten eines verschwundenen Babylon, so fragte man sich: Wie haben es die Bewohner nur fertiggebracht, dorthin zu kommen? Man sieht keine Spur von einem Weg. Und wovon leben sie? Es hat fast nichts.

Tatsächlich hauste niemand mehr dort oben als der alte Bastian. Die andern hatten schließlich dem Aufruf ihrer Talgemeinschaft Folge geleistet, die ihnen erklärte: »Der Unterhalt eurer Wasserleitungen und eures Fußwegs kommt uns teuer zu stehen. Für so wenig bebaubares Land lohnt sich das nicht. Kommt herab, man wird euch Häuser und Felder geben. Wenn ihr euch weigert, werdet ihr bald keinen Weg und kein Wasser mehr haben und dort oben verloren sein wie in der Wüste.«

Sie waren hinabgestiegen.

Bastian aber verachtete die Ebene so gründlich, daß er sich nicht entschließen konnte, dort zu leben. Er brauchte wenig; sein Körper, an die Fasten gewöhnt, begnügte sich mit Ziegenmilch und Roggenbrot. Die sich selbst überlassenen Reben waren verwildert, die Trauben sauer geworden, die Steine rollten in die Wiese, die Äste der Apfel- und Birnbäume waren so ineinander verwachsen, daß die letzten Früchte darin hängen blieben wie in Käfigen. Um so besser, dachte Bastian, so werden die Teufel des Weins und der Gefräßigkeit ausgetrieben. Aber der Rhythmus der Jahreszeiten und die Macht der Gewohnheit waren noch so stark in ihm, daß er trotzdem ein paar Weinstöcke beschnitt, einen Wassergraben zog, ein wenig Heu machte und auf dem Dachboden die kleinbeerigen Trauben zum Trocknen aufhängte.

Im Frühling und im Sommer war es dieser grüne Tupfen zuoberst auf dem Felsen, im Herbst das brennende Rot des Buschwerks, welches die früheren Nachbarn an den Einsamen erinnerte. Sie sagten oft: Was wird aus ihm dort oben?

Und der Pfarrer stieg auch einmal hinauf, um ihn zu besuchen. Aber den Winter über vergaß man ihn, weil weder Farbe noch Flamme zu sehen war, sondern nur ein großer, grauer Berg.

Und dem alten Bastian erging es wie seinem Fleck Erde: Er glich sich unmerklich seiner Umgebung an. Er bestand nicht mehr aus Fleisch und Bein, sondern aus Stein, rissig geworden in Sonne und Frost, mit Büscheln gelblichen Grases auf dem Schädel und am Kinn; und in den Augenhöhlen glänzten zwei Bergkristalle. Sein Blick, der Blick eines Menschen, der seinesgleichen nicht mehr wahrnimmt, richtete sich auf eine wunderbare Welt, die den andern nicht mehr zugänglich war und an die sie sich nicht einmal erinnerten. So war er denn auch der einzige, der von gewissen Dingen noch Kenntnis hatte.

Er wußte, daß einst ein mächtiger Erzengel, ermüdet von einem langen Flug, im Wallis niedergegangen war. Daß er auf dem Talboden hinkniete, sich an die Flanke des Berges lehnte, den Arm unter den Nacken schob und einschlief. Der andere Arm hing am Körper herunter, und seine Finger tauchten in die Rhone. Die Kühle des Gletscherwassers war eine Wohltat für die von den Winden des Weltraums verbrannte Hand. Aber man ruht sich nicht ungestraft auf der Erde aus: Immer läßt man etwas auf ihr zurück. So merkte der Engel, als er sich wieder aufrichten wollte, daß er einen Flügel verloren hatte. Er versuchte, ihn wieder zu nehmen, aber er steckte so fest im Berghang, daß er ihn nicht herausreißen konnte. In seinem Zorn zerstörte er die Wälder, die Blumen, die Gräser, und der Berg zeigte sich in seiner ganzen Nacktheit.

Und daß dieses Land einmal den Schlaf eines Himmelsbewohners gehütet und ihn dann beim Erwachen erzürnt hat, erklärt vielleicht, warum ihm bis heute etwas Göttliches und zugleich Gequältes anhaftet. Aber das sagte der alte Bastian nicht. Und wenn die Zuhörer seine Geschichte belächelten, so fügte er ernsthaft hinzu:

– Die Engel … die sind nicht so, wie man sie in den Kirchen sieht. Die Engel sind groß wie die Berge. Und was für ein Getöse sie machen mit ihren Flügeln!

Man hörte auf zu lachen, weil man seinem Blick anmerkte, daß er sie wirklich gesehen hatte und sogar gehört …

Jeden Tag las er in einem dünnen Leinenband, der vom Gebrauch schon ganz schwärzlich geworden war. Hier fand seine Vorstellungskraft eine herrliche Weide. Er hatte das Buch schon so oft gelesen, daß er es auswendig wußte. Es war der Katechismus. Und jeden Abend und jeden Morgen verrichtete er seine Gebete. Im Sommer sagte er sie im Freien auf mit gekreuzten Armen oder gefalteten Händen, und das Tal lag vor ihm hingebreitet wie ein weiter Kirchenraum. Aber aus der Ebene stieg der schweflige Geruch der Reben auf, die Luft knisterte am glühenden Felsen, die Vipern schlängelten sich aus den Spalten, und all das erinnerte Bastian an die Hölle. Dann stieß er mit kraftvoller Stimme lange Litaneien aus, die in den Himmel aufstiegen in heiligen Windungen:

*Von deinem Zorn befreie uns, Jesus!*
*Von aller Sünde befreie uns, Jesus!*
*Von den Schlingen des Satans befreie uns, Jesus!*
*Vom unreinen Geist befreie uns, Jesus!*
*Vom ewigen Tod befreie uns, Jesus!*

Dann kamen die Gebete zur Heiligen Jungfrau an die Reihe:
*Spiegel der Gerechtigkeit, bitte für uns!* Und der Spiegel war vor ihm aufgerichtet und warf die Sonnenstrahlen auf ihn zurück. *Thron der Weisheit, bitte für uns!* Und der Berg erglänzte golden, weiträumig und fest. *Quell unserer Freuden!* Und die grünen Wasser der Rhone sprangen den dürstenden Feldern entgegen. Und wenn Bastian anlangte bei *Pforte des Himmels, bitte für uns!*, so blickte er auf den Talgrund, und er schaute die Pforte.

\*

Seinen siebenundsiebzigsten Winter durchlebte er in seiner Kammer, vergraben wie das Murmeltier in seinem Bau. Eines Morgens sah er an der Farbe der Luft jenseits der Scheiben, daß es Frühling geworden war. Er trat hinaus.

Ein ganz helles Licht ergoß sich über die Landschaft, nicht ein Schatten blieb zurück. Die letzten Schneeflecken schmolzen auf den Wiesen, die sich in der Sonne dehnten und einen kräftigen Geruch von Erde und trocknendem Gras ausströmten. An den Obstbäumen, die noch kahl waren und schwarz, glänzte die Rinde.

Bastian setzte sich in die Sonne, schloß die Augen und wartete. Er wartete den ganzen Tag und auch noch den nächsten, aber er spürte den Saft nicht mehr in sich aufsteigen. Sein Körper blieb kalt.

Ich hätte vielleicht doch auf den Dämon des Feuers hören sollen, dachte er bei sich selbst. Als Bußübung hatte er auf die Gesellschaft der brennenden Scheiter verzichtet und den ganzen Winter ohne Feuer gelebt. Aber es ist verdienstvoller, der Versuchung zu widerstehen. Und er bereute nichts.

Er stand auf, brachte seine Geräte in Ordnung, kehrte die Kammer, fegte den Stall. Dann nahm er seine Ziege am Strick und machte sich auf den Weg über kaum erkennbare Pfade, die ins Tal hinunterführten. Er kam mühsam voran, mit steifen Beinen, und half sich mit den Händen weiter von Fels zu Fels. Der Stein fühlte sich gut und warm an, aber er konnte diese Wärme nicht mehr in sich aufnehmen. Er hatte keine Fühlung mehr mit den Dingen dieser Erde. Die Ziege kam hintendrein. Von Zeit zu Zeit meckerte sie, aber ihr Meister hörte sie nicht mehr.

In den Weinbergen war die Arbeit in vollem Gang. Schon von weitem sah man, wie die kleinen Menschen sich abplagten mit dieser harten, rötlichen Erde. Sie rissen sie auf mit ihren Hackenschlägen in einem klingenden Lärm von Eisen auf Kiesel. Sie werden bald die ersten Blätter treiben sehen, dachte Bastian, sie werden sehen, wie sie wachsen und den Boden überdecken, und das Land wird grün werden und später blau vom Schwefelsalz …

– Da kommt Bastian!

Man blickte ihm entgegen. Zuerst wurde gescherzt.

– Aha, der Einsiedler ist heruntergekommen.

Und man rief ihm zu:

– Willst du das Dorf neu bevölkern? (Denn hierzulande bringt der Einsiedler die kleinen Kinder.)

Er aber, sehr würdig, grüßte kaum.

– Natürlich, die wissen ja nicht … murmelte er.

Aber als die Leute ihn aus der Nähe sahen, wurden sie plötzlich ernst und verstummten.

Schließlich entdeckte er Damien, einen alten Bekannten, beim Rebenschneiden. Seine Finger ahmten die Bewegung der Rebschere nach; er freilich würde nur noch Luft schneiden. Er trat näher:

– Ich bin gekommen, um dir meine Ziege zu verkaufen, wie es abgemacht ist.

Damien sah ihn lange an, dann antwortete er »ja« und fügte hinzu: »Meine Frau ist im Haus. Sie kann die Sache in Ordnung bringen.«

Der Alte wandte sich dem Dorf zu. Zwischen den beiden Pappelreihen fuhren Karren dahin, die Räder voll Sonne. Auf einer Mauer saß ein Kind und spielte Mundharmonika. Die Melodie brach ab.

– Spiel nur weiter, sagte Bastian.

Aber der Junge schüttelte den Kopf.

Als Damiens Frau ihn kommen sah, war sie sofort im Bild.

– Kommt herein und ruht Euch aus. Ich bringe unterdessen das Tier in den Stall.

Er blieb in der Küche stehen. Und als sie zurückkam:

– Ihr werdet doch ein Glas trinken …

– Nein, ich trinke keinen Wein.

– Dann will ich Euch die Schokolade aufwärmen.

– Nein, ich danke Euch.

Und nach einer Pause:

– Trinkt Ihr das Zeug immer noch tagtäglich wie dort oben?

– Ja.

– Ihr frönt dem Luxus.

Er schüttelte den Kopf:

– So verdammt man sich selber.

Sie öffnete ein Schubfach und brachte ihm das Geld für die Ziege.

– Das ist zu viel, sagte er, gebt mir nur vierzig Franken. Sie ist alt.

Eine Viertelstunde später zog er die Klingel am Pfarrhaus. Niemand gab Antwort. Er blickte sich um. Das Dorf

schien leer und dämmerig im weichen Grau der Schiefer-
dächer … Er lehnte sich an die Hauswand. Endlich kam
der Pfarrer. Es war ein junger Priester, so blond und strah-
lend, daß seine bloße Gegenwart genügte, die Schatten zu
verjagen.

– Was führt Euch her?

– Ich komme, um zu beichten und die Heilige Ölung zu
empfangen.

– Ah, Ihr spürt, daß es Zeit ist?

Er ließ ihn in die Sakristei eintreten, hörte seine Sünden
an, erteilte ihm Absolution, reichte ihm den Leib des
Herrn; dann schickte er sich an, ihm das Sakrament der
Letzten Ölung zu spenden. Mit reinem und gehörig ge-
segnetem Olivenöl salbte er ihm die Augen, die Ohren, die
Nasenlöcher, den Mund, die Hände. Blieben noch die
Füße. Bastian, in Andacht versunken, empfand die Freude
eines gereinigten Menschen, der sich würdig fühlt, ins Paradies einzugehen. Aber der Pfarrer sah in ihm nicht nur
den Heiligen, der bereit ist, aus Petri Händen den Glorienschein zu empfangen. Er konnte sich nicht verhehlen, daß
sein Büßer gar übel roch. Aus Furcht, ihn Schuhe und
Strümpfe ausziehen zu sehen, hätte er beinahe eine kleine
Unterlassungssünde begangen. Doch der Alte ließ es nicht
dazu kommen. Er sah ihn an:

– Salbt Ihr die Füße nicht mehr?

Der Priester, etwas beschämt, tat seine Pflicht.

Ehe er ging, streckte Bastian ihm das Geld hin, das er in
der Tasche trug:

– Das ist für das Lesen der Messen und das übrige …

Den Frieden im Herzen, stieg er wieder auf seinen Berg.

＊

Einige Tage später ging der Pfarrer seinen weit verstreut
wohnenden Schäfchen nach und gelangte auch auf den

Felsrücken. Es war ihm bang zumute, als er die Behausung des Eremiten betrat. Was würde er finden? Er öffnete die Kammertür.

Bastian lag reglos ausgestreckt auf seinem Bett, in das weite Gewand der Büßer gehüllt, zu deren Bruderschaft er gehörte. Die Kapuze fiel ihm tief ins Gesicht und ließ nur zwei weit geöffnete Augen sehen. Durch die auf der Brust gefalteten Hände wand sich ein Rosenkranz.

Er ist tot, dachte der Pfarrer. Aber dann sah er den Rosenkranz wie ein schwarzes Schlänglein durch die betenden Finger gleiten. Er rief:

– He, Bastian!

– ...

– Was tut Ihr da auf Eurem Bett?

– Ich warte auf ihn, antwortete der Alte.

– Worauf wartet Ihr?

– Auf den Tod ... aber er will nicht kommen.

## Agatha

Sie traf hier ein an einem Dezembertag mit einem kleinen
Leiterwagen, den sie sich ausgeliehen hatte für den Um-
zug ihrer Habe: drei Kisten und ein schäbiges Kleider-
bündel. Sie richtete sich ein, so gut es ging, im Erdgeschoß eines einstöckigen Hauses, halb aus Holz, halb aus
Stein, unter einem Blechdach. Dieses Haus steht einen
Teil des Jahres leer, denn die andern Mieter sind Bergleute, die aus dem Val d'Anniviers herunterkommen und nur
im Herbst und im Frühling eine Zeitlang in der Ebene
wohnen.

Und niemand nahm von ihr Notiz.

Aber eines Morgens hat man sie an der Hausecke bemerkt, wie sie mit einem kuriosen Werkzeug die harte, fast
weiße Erde aufhackte, die eigentlich schon zur Landstraße
oder zur Dorfstraße gehört …

Von diesem Tag an begann die kleine Alte für die andern zu existieren. Man hatte sie zwar schon früher ange-
troffen, man wußte, daß sie allein lebte, einige kannten sogar ihren Namen: Agatha. Aber nie vorher war ihr Dasein
wirklich spürbar geworden.

Sie ist nicht die einzige, deren Gegenwart man plötzlich
zur Kenntnis nimmt. Ein anderer schleicht sich ins Quartier und in seine Bewohner ein. Er streicht zuerst um die
Häuser, die Bäume, die Brunnen herum, so gründlich

ringsum, daß sie ihr Aussehen verändern und auch ihre Farbe. Dann dringt er einem ins Herz hinein, und das Herz beginnt zu keuchen, aber man kann nicht wissen, ob aus Freude oder aus Not. Man sieht ihn nicht, man atmet ihn ein, er bringt einen kräftigen Erdgeruch mit, er ist lau, er formt den Körper, und die, welche vergessen haben, daß sie einen besitzen, erinnern sich wieder daran … Das ist der Frühling.

Agatha hackt noch immer die Erde auf mit kleinen, hartnäckigen Schlägen. Sie wird langsamer, zögert; vielleicht sagt sie sich, daß der Boden zu mager, zu steinig ist, als daß man Blumen säen könnte. Vielleicht schämt sie sich auch, weil man ihr zuschaut.

Man sah sie weggehen mit einer Hutte am Rücken. Für eine Weile wandte sich jeder wieder seiner Arbeit zu, und als sie zurückkam, konnte niemand sehen, wie sie sich seitlich neigte und der Mauer entlang den Inhalt ihrer Hutte ausschüttete: schöne Erde, dunkler, weicher und frischer unter den Fingern als die andere. Niemand sah es als die Witwe Barras in ihrem Garten über der Straße.

Am folgenden Tag war die Alte wieder da. Ihre Hände spielten mit kleinen Bogen ohne Saite, ohne Pfeil: Haselruten, die sie umbiegt und mit beiden Enden in den Boden steckt.

– Was macht sie da? fragte Frau Martin, die Wäscherin.

Berthe, die ihre Kühe zur Tränke führte, antwortete:

– Eine Einfassung, möchte man meinen.

Dann nahmen beide ihre Beschäftigung wieder auf und dachten nicht mehr an Agatha. Die junge Bäuerin kehrte in den Stall zurück, der jetzt so düster und schmutzig wirkt; die Wäscherin in ihr Haus, das noch neu ist und nach sauberer Wäsche riecht und heißem Bügeleisen.

Gegen Abend konnte man vor der Behausung der Alten ein schmales Beet sehen, von kleinen Bogen eingefaßt, die sich etwas nach außen neigten.

– Das ist aber hübsch, sagte Alphonsine, die älteste Tochter von Frau Martin.

– Was will sie denn säen? erkundigte sich ihre Freundin Florence.

– Kapuzinersamen, wußte Frau Summatter, die Strickerin aus dem Oberwallis.

– Nein, murmelte Frau Barras für sich, es ist noch zu früh.

Leonie, die Kellnerin aus dem Café du Soleil, ist auf den Vorplatz herausgetreten. Von da aus beherrscht sie die zu ihr ansteigende Straße. Sie wiederholt spöttisch:

– Kapuziner! Ja, ja, so sagt man.

Sie lacht und fügt dann doch noch hinzu:

– Man würde nicht glauben, daß die Alte noch Kraft zum Arbeiten hat.

– Oh, das ist mehr Unterhaltung als Arbeit, meint Alphonsine.

Da kommt Etienne heim, der jenseits der Rhone in der Aluminiumfabrik als Maurer arbeitet. Laut genug, daß alle es hören, ruft er:

– Ach so, wir haben da einen neuen Dorfpark!

Ein zweites Lachen Léonies kommt dem jungen Mann entgegen, so hart, so gegenständlich, daß es ihm die Brust trifft wie ein Schlag. Aber das Lachen verstummt: Die Alte ist auf ihrer Türschwelle erschienen.

Frau Barras, die im Keller Blumenzwiebeln für ihren Garten geholt hat, bringt vier davon in der Schürze herbei. Sie sind schön, man errät, daß sie inwendig weiß und fest sein müssen, so appetitlich, daß man hineinbeißen möchte. Es sind Lilienzwiebeln. Sie wägt sie in der Hand, kratzt mit einer behutsamen Bewegung des Daumens ein Restchen Erde davon ab. Sie erklärt:

– Ich will ihr eine schenken, das wird sie freuen. Ich weiß, daß es zwei weiße und zwei rote sind, aber ich kann sie nicht unterscheiden. Ich möchte ihr eine rote geben.

(Die Witwe hat eine geheime Vorliebe für die weißen.) Aber wenn es eine weiße ist, tut das auch nichts.

Entschlossen überquert sie die Straße, klopft bei der Alten, wartet einen Augenblick, bis die Türe aufgeht.

Alphonsine, die am Brunnen Wäsche spült, hört sie sagen:

– Guten Tag, Agatha.

– Guten Tag, antwortet eine Stimme von innen.

Dann geht die Türe wieder zu, und es ist nichts mehr zu hören und zu sehen.

＊

Es gibt eine Sorte von Leuten, die das Erfreuliche nie wahrhaben wollen, und die glaubten noch nicht an den Frühling. Aber als man die Männer und Frauen vom Berg einziehen sah mit ihren großen, kupferigen Gesichtern und Händen, die Augen noch geblendet vom Schnee, und als man auf den Landstraßen die Schellen der Maultiere hörte, das Rumpeln der Wagen, in denen sie Kinder, Strohballen und Vieh herunterbrachten, da wagte niemand mehr daran zu zweifeln.

Von einem Tag auf den andern war das Quartier verwandelt, übervölkert, und ebenso die andern Außenquartiere der kleinen Stadt und die umliegenden Dörfer. Jetzt waren plötzlich alle Häuser bewohnt, alle Fenster am Abend erleuchtet. Um die Brunnen gab es zu gewissen Tageszeiten ein großes Gedränge von Kühen, Ziegen und Schafen; die Miststöcke wuchsen vor den Ställen in die Höhe; es gab Schreie, Rufe, ungewohntes Gelächter, eine kuriose, rasche Sprache: die Mundart; es gab sogar Musik, denn diese Bergleute haben ihre eigene Musik zur Begleitung der gemeinsamen Arbeit im Burgerweinberg. Das Bauernvolk überbordete nach allen Seiten mit einer solchen Lebenskraft, einem solchen Schwung, daß die gemischte Bevölkerung der Arbeiter und Städter in den Hintergrund gedrängt wurde und sich darüber beklagte.

– Oh, man hört sie, man hört sie! pflegte man zu sagen.

Die Frommen jammerten:

– Man hat keinen Platz mehr in der Kirche, seit sie da sind.

Sogar die schöne Florence, die weder Gott noch den Teufel fürchtete, vermied es, während der Tränkezeit auf die Straße zu gehen, die Kühe machten ihr angst. Wenn sie auch klein sind, diese Kühe, so wirken sie doch unheimlich mit ihrem schwarzen, weit geöffneten Auge, mit ihren spitzen Hörnern; und ihre Sprünge erinnern an wilde Tiere, die man zu lange gefangengehalten hat. Um sich ihre Furcht nicht anmerken zu lassen, spöttelte die junge Frau gern ein wenig über diese Bergler, und das Wort Bauer sprach sie mit tiefer Verachtung aus. Aber wenn sie sie aus den Reben heimkommen sah nach getaner Arbeit, langsamen, würdigen Schrittes, die Hacke geschultert, die Kleider so graublau wie die Steine, mit erdigen Händen und mit dieser wunderbaren inneren Gewißheit, dann bestaunte sie Florence insgeheim. Und wenn sie ihre Pfeifen und Trommeln hörte, überkam sie eine unbändige Lust zu tanzen und ihnen entgegenzulaufen, wie es die Kinder taten. Aber bald schwand ihre Lustigkeit, und sie wurde wieder, was das Schicksal ihr zu sein bestimmt hatte und was man etwas geschwollen ›das Verhängnis des Quartiers‹ nannte.

Es machte der alten Agatha nichts aus, hinter den neu Angekommenen zu verschwinden. Und bald gab niemand mehr auf sie acht. Schließlich hatte jeder nur noch Augen für ein oder zwei Dinge: die Wäscherin für ihr hübsches, sauberes Häuschen, dessen weiße Fassade sie immer vor sich sah, selbst wenn sie sich drinnen befand; für Etienne war es das Lachen Léonies; für Florence ihr mattes Gesicht mit den blaugrünen Augen, das ihr die offene Fensterscheibe zurückwarf, neben die sie sich so gern setzte; und für Frau Barras war es ihr Garten, der im Verlauf von wenigen Tagen übersichtlich und ordentlich geworden war mit seinen Beeten und den schnurgeraden Weglein, dieser Garten, dessen Geruch sie bis in ihre Stube trug.

Aber die kleine Alte gehörte jetzt zur Bevölkerung, man rechnete mit ihr; Wesen und Dinge hatten sie angenommen. Sie war da.

Ihre Rabatte schmückte sich mit ein paar Primeln, die sie aus der Wiese geholt hatte, und mit einer dicken, orangegelben Hundeblume, die von selbst dort gewachsen war. Der Simpel des Quartiers bemerkte sie zuerst. Er lächelte mit seinem faltigen Gesicht, näherte sich und pflückte sie andächtig, als wäre es eine seltene Blume aus dem Garten einer Königin. Er drehte den milchigen Stengel zwischen den Fingern, drehte ihn immer schneller und steckte die Blume schließlich in ein Knopfloch seiner Joppe, der es an manchem fehlte, nur nicht an Knopflöchern. Sie erhellte seine ganze Person, aber drei Minuten später vergaß er, daß er eine Blume besaß, und wurde wieder so unglücklich wie zuvor.

Auf dem Heimweg von der Schule entdeckten die Kinder die Primeln.

– Oh, der schöne Garten!

Tatsächlich war er wie geschaffen, ihnen zu gefallen. Es war ein Gärtlein, wie sie es selber angelegt hätten. Dennoch blieben sie nicht lange davor stehen; sie mochten diese Straße nicht, weil sie für ihre Marmelspiele zu steil war, sie hatten es eilig, oben auf den Platz zu kommen. Von ihrer Stube aus, deren seitliches Fenster auf die Straße hinausging, sah sie Agatha zweimal am Tag vorbeikommen. Sie trat nie ans Fenster, sie stand aufrecht mitten im Zimmer und wagte kaum zu atmen. Und wenn sie die Kinder sagen hörte: »Oh, das hübsche Gärtlein!«, lachte sie lautlos vor Behagen, daß die Augen in den Fältchen verschwanden.

Ihr erster Mann war gestorben. Sie hatte einen zweiten gehabt; der lebte noch. Er lebte, aber es war schlimmer, als wenn er tot wäre: Er erinnerte sich nicht mehr an sie, er kannte sie nicht mehr. Sie hatte auch Söhne und Töchter, die jetzt erwachsen sein mußten, aber sie wußte nicht, ob sie noch am Leben waren, denn sie gaben ihr keine Nachricht.

Wenn nun die Kinder des Quartiers an ihrer Wohnung vorbeikamen, schaute sie sie an. Sie hatten keine Ahnung, daß sie für einen Augenblick die Kinder einer kleinen alten Frau wurden, die in Wirklichkeit gar nicht so alt war. Einmal zeigte sie sich auf der Schwelle, aber die Schulkinder waren befremdet, an dieser sonst verschlossenen Türe jemanden anzutreffen. Sie warfen ihr einen feindseligen Blick zu und machten sich aus dem Staube. Da ging sie wieder hinein. »Das ist vielleicht, weil ich den schmutzigen Werktagsrock trage«, und es tat ihr leid, daß nicht Sonntag war.

Als die Bergleute den Mist über die Wiesen verteilt, die Reben gehackt und die Rebstickel eingepflanzt hatten, zogen sie wieder in ihr Hochtal hinauf.

Agatha hatte Arbeit gefunden. Jeden Morgen ging sie in die Reben, um überschüssige Triebe auszubrechen und dann um die Schoße mit Bast aufzubinden. Außer der Witwe Barras dachte niemand daran, daß sie dafür zu alt war. Es gibt so viele Alte, die arbeiten müssen; wenn man sich da um jeden kümmern wollte …

Und sehr rasch merkte man, daß es Sommer wurde. Nicht nur, weil die Wiesen hoch und die Bäume und Reben dichter im Laub standen, sondern auch, weil sie graugrün geworden waren, weniger golden, weniger durchsichtig als im Frühjahr. Und man begann im Quartier unter der Hitze zu leiden. Man war das seit je gewohnt, man gehörte nicht zu denen, die auf die Berge zurückkehren können, oder zu den Reichen, die dort oben

ein Ferienchalet besitzen und ihr Haus in der Stadt schließen. Man hat weder Sonnenstores noch Sonnenschirme,
um sich zu schützen. Manche Leute haben nicht einmal
Fensterläden. Agathas Fenster hatte keinen Laden, aber es
war so schmal, so tief in die Mauer eingelassen, daß die
Sonne kaum eindringen konnte, während sie mit voller
Wucht auf das Blechdach traf.

Die Buben im Quartier wurden brauner, magerer und
verloren allmählich ihre Unschuld. Sie plünderten die
Obstbäume mit zunehmendem Geschick und fanden immer bessere Verstecke, aus denen sie Steine schossen auf
Katzen, Hunde, Vögel und Fußgänger. Sie setzten sich
auf den Brunnenrand und ließen die Beine bis zu den
Schenkeln ins Wasser hängen, oder sie wateten ungeniert
im Bach herum, welcher der oberen Straße entlangfloß,
vom Abwasser der Häuser getrübt war, Gemüseabfälle,
Stoffetzen und Zapfen mit sich führte, dann in den Boden
hinein verschwand, um weiter unten wieder hervorzu-
sprudeln auf die Wiesen hinaus. Die Mütter sagten nichts,
oder sie begannen zu schimpfen, grundlos zu schimpfen,
weil man bei dieser Hitze und diesem Wind, der jeden
Nachmittag bläst, ohne die Luft zu erfrischen, nicht mehr
vernünftig nachdenken kann, sondern reizbar wird und
gehässig. Von weitem hörte man auch die Rhone grollen,
und wer am Flußufer Mais oder Spargel angebaut hatte,
sprach von Hochwasser und überschwemmten Ernten.

Zur Erquickung für Leib und Seele gab es nur in der
Nacht ein wenig Kühle, das Murmeln der Wasser, welche
die Wiesen tränkten, und den Gesang der Nachtigall.
Aber bald wurden die Nächte so heiß, daß sie keinerlei
Entspannung mehr brachten, und am Morgen beim Auf-
stehen trug man schon die Last einer grenzenlosen Müdigkeit.

Eine rote Lilie mit gewölbten Blütenblättern war vor
Agathas Haus aufgegangen. Und je mehr die Lilie sich

entfaltete und glühte, um so mehr schrumpfte die kleine Alte ein und verlor ihre letzten Lebensfarben. Und die Leute sagten:

– Man sieht schon, daß sie nichts Rechtes zu essen hat.

Aber sie verlangte nie etwas von ihnen. Einmal sagte sie zu der Wäscherin:

– Seit dem Tag, da man mir bei der Rebarbeit Tresterwein zu trinken gegeben hat, tut es mir immer weh. Es ist, wie wenn mich ein Gift inwendig verbrannt hätte.

Sie konnte nicht von allem essen. Sie ertrug die Polenta nicht, dieses Nothelfergericht der armen Leute. Nur feinere Nahrungsmittel wie Teigwaren, Grieß, Biskuits, Kompott waren ihr zuträglich. Gerade die teuersten ... Manchmal brachte ihr Frau Barras ein Gemüse oder Früchte, aber Agatha wußte, daß die Witwe nur aus ihrem Garten lebte, und nahm es deshalb nicht immer an. Und weil sie sich schon so lange einschränken mußte, wochen-, ja monatelang Hunger litt, konnte es geschehen, daß ihr, wenn sie hätte essen können, der Appetit fehlte. Der Hunger hatte ihr schließlich die Nahrung verleidet, wie wenn sie sich daran übergessen hätte. Und die bescheidenen Bissen, die sie sich dann und wann zugestand, das Stück Brot, das sie sich zu essen erlaubte, der Pfirsich, an dem sie die Lippen netzte, die drei Makkaroni, die Prise Reis, die sie ins Pfännchen warf, brachten ihr keinen Genuß, keine Erleichterung. Am Mittag mußte sie unwillkürlich an den Hunger denken, der sich am Abend melden würde, und wenn sie am Abend aß, stand ihr der Hunger des nächsten Tages vor Augen, der Hunger aller künftigen Tage, unter dem sie bis zu ihrem Tod zu leiden hätte.

Und je mehr die Alte zu einem armen, ledrigen und farblosen Ding wurde, um so schöner blühte die Lilie. Florence wurde eifersüchtig auf sie. Sie schnitt sich aus einem Rest roter Seide ein Kleid zu, sie strich ihre Lippen kräftig rot, und wenn sie die Straße herunterkam, warf sie der Lilie einen herausfordernden Blick zu. Wäre diese Lilie in einem vornehmen Villengarten gewachsen, von einer hohen Mauer umschlossen, so hätte man sie bestimmt gestohlen oder mit Steinwürfen zerfetzt, so aufreizend war ihre Pracht. Aber weil sie der Straße und somit allen gehörte, rührte sie keiner an.

\*

An einem Julimorgen zog Agatha ihren Sonntagsstaat an, obgleich es ein Wochentag war, ein Mittwoch. Dieses Kostüm stammte aus ihrer ersten Ehe; es hatte den Schnitt von 1900, war aus grünem Tuch und bestand aus einem Rock und einer Jacke mit eckigem Kragen und Puffärmeln; die Knopflöcher waren mit Posamenten eingefaßt. Die grüne Farbe war stellenweise vergilbt wie die Wiesen im November, und die Borten fransten aus. Mit Hilfe einer langen Nadel befestigte sie auf dem Kopf einen schwarzen Strohhut, den ein Satinband schmückte, das mit der Zeit in den Falten brüchig geworden war.

Bis zu diesem Jahr hatte sie das Kleid mit einem gewissen Stolz getragen. Sie hielt es für schön; aber seit dem Tag, da sie es angezogen, um mit den Kindern zu sprechen, die ihre Blumen bewunderten, war sie nicht mehr so sicher. Sie hatten sie von oben bis unten gemustert, die einen lachend, die andern gleichgültig, und die, welche sie nicht auslachten, waren davongelaufen, ohne ihr zu antworten.

Mehrere Personen im Quartier, die sie in diesem Aufzug vorbeigehen sahen, fragten sich: Wo geht sie nur hin?

Sie wollte die Stadt nicht durchqueren und umging sie auf der Oberseite. Die Hauptstraße flößte ihr zuviel Respekt ein. In den Außenquartieren bestand eine gewisse Verwandtschaft zwischen ihr und den Häusern, während sie sich auf dem glatten Pflaster der Hauptstraße mit ihren frisch gestrichenen Fassaden, ihren zahlreichen Schaufenstern völlig fremd vorkam. Die Schaufenster scheute sie mehr, weil sie spiegelten, als weil sie lockten. Was sie enthielten, nahm man besser gar nicht zur Kenntnis; aber sie zog es vor, die arme kleine Alte nicht sehen zu müssen, deren Bild ihr die Scheibe vorhielt.

Bald darauf befand sie sich auf der großen Landstraße, der einzigen, schnurgeraden Landstraße des Rhonetales.

Der Sommerhimmel überzog sich weißlich, und ein indirektes Licht drang von allen Seiten auf sie ein. Nicht nur das Licht, auch die Schatten sind verwischt. Alles ist matt, schmutziggrau: die Gräser, die Blätter, das Flußwasser. Alles hat seine Durchsichtigkeit, seine Deutlichkeit verloren. Nur etwas leuchtet in reinem Glanz, es ist das dünne Aluminiumblech, das man da und dort in den Reben befestigt, um die Vögel zu verscheuchen. Und weil es sich bei jedem Luftzug bewegt, blitzt es, verschwindet es, blitzt es wieder auf, wie wenn die Reben voller Sternschnuppen wären.

Agatha geht immer weiter auf der Landstraße. Sie spürt weder Müdigkeit noch Hitze, noch Hunger, sie spürt nur das Brennen in den Augen. Dieses tückische Licht tut ihr so weh, daß sie am liebsten gar keine Augen mehr hätte. Lieber blind sein, als diese zwei Schmerzlöcher haben, deren Schmerz sich auf den Kopf überträgt, auf den ganzen Körper, ihr Gesicht zusammenzieht und den Magen, daß ihr übel wird.

Der Hutrand schützt sie nicht, weil das Licht ebenso sehr von der Straße wie vom Himmel einfällt. Sie schließt die Augen: Rote Hämmer klopfen auf ihren Lidern; da hält sie die Hand davor, und ihre mageren, schuppigen Finger scheinen plötzlich mit Blut gefüllt. Aber so kann man nicht vorwärtskommen, man muß sehen, wohin man geht, und ihr Weg ist noch weit.

Die Schatten der Pappeln ziehen Querstreifen über die

Straße, ohne Frische, ohne Erquickung. Die Landschaft ist grau und flach. Die kleine Alte geht immer noch.

\*

Den Menschen im Quartier brachte der Abend ein wenig Erholung. Sie blieben länger als sonst im Freien, saßen auf den Treppenstufen oder unter den Türen. Die jungen Burschen, die jetzt hübsche gelbe, grüne oder rote Hemden trugen, standen in lebhaftem Gespräch auf dem Platz oder lehnten sich an den Zaun von Frau Barras' Garten, der im Sommer undurchdringlich und geheimnisvoll geworden war wie ein Wald. Man hörte das Grammophon aus dem Café du Soleil, die kleinen Kinder sträubten sich, schlafen zu gehen, und die jungen Mädchen, selbst die häßlichen, schienen hübsch, weil die Kleider nicht schwer an ihnen hingen und ihre Beine und Arme nackt und gebräunt waren. Winzer kamen von der Arbeit zurück mit ihren Tansen am Rücken. Sie waren blau von Kopf bis Fuß, und die Brunnen, die Stufen, die Schwellen, auf denen sie Halt machten, färbten sich blau. In den müden Körpern wurden die Seelen leicht und schwebend, so flüchtig, daß sie aus ihnen entwichen und die Körper nichts mehr als Masse waren, nur noch der eigenen Müdigkeit bewußt.

Aber es gab auch Brüder, Gatten, Söhne, Väter, welche die Milde dieser Nacht nicht genießen konnten, weil sie Nachtschicht zu leisten hatten in der Fabrik, die dort drüben von Zeit zu Zeit ihre Funkengarben ausstieß. Sie mußten diese Nacht im Maschinenraum verbringen oder vor den Schmelzöfen. Zu diesen Arbeitern gehörte auch der Gatte von Florence. Sie stand unterdessen an ihrem Fenster und warf den Männern ihr Lächeln und ihre Blicke zu, als ob es Blumen wären. Sie hätte gern auch ihre Unruhe abgestreift und sie ihnen zugeworfen, aber diese Unruhe klebte ihr am Körper, und sie wußte, daß sie sie nie loswerden konnte.

– Das wird noch schlimm enden, raunte manchmal die Wäscherin mit ahnungsvollem Blick, wenn er eines Tages entdeckt, daß sie ihn betrügt …

Doch an diesem Abend ereiferte sich niemand zu prophezeien, wie das noch herauskommen werde. Jeder wünschte nur zu genießen, was ihm diese letzten Tagesstunden gewähren konnten; man wollte nichts weiter als leben.

Auf der Straße ging jemand vorbei. Man sah ihm teilnahmslos nach, ohne sich zu fragen, wer es sei; man schaute hin, ohne ihn wirklich zu sehen. Aber schließlich fiel die Gestalt doch allen auf, nicht weil sie ihnen bekannt vorkam, sondern weil etwas Fremdes und irgendwie Lebloses an ihr war.

– Mein Gott, das ist ja Agatha!

Sie hatten Mühe, sie zu erkennen. Sie war zwar noch so, wie man sie am Morgen gesehen hatte, in ihrem Sonntagsstaat, den Strohhut mit der Nadel festgesteckt, und wenn auch der Rocksaum an ein paar Stellen herunterhing und eine leichte Staubschicht, die man in der Dämmerung kaum wahrnahm, sie über und über bedeckte, so fiel doch nichts Unordentliches an ihrer Erscheinung auf. Der Unterschied lag darin, daß man am Morgen noch ein wenig Leben in ihr bemerkt hatte, während am Abend gar nichts mehr davon zu spüren war.

– Man könnte meinen, sie käme aus dem Jenseits, murmelte Florence.

Man sah sie ins Haus hineingehen, das sie noch für eine Weile allein bewohnte, und dann vergaß man sie.

Bald kam sie wieder heraus und wollte zu Frau Barras hinüber, aber sie bog ab. Nein, so durfte sie sich nicht bei der Witwe zeigen. Statt dessen stieg sie zur Wäscherin hinauf. Sie wandte sich unwillkürlich an die Person, welche

sie weniger bemitleiden würde. Was wollte sie? Sie bat
Frau Martin, ihr doch zwei Streichhölzer zu »leihen«, sie
habe keine mehr.

– Selbstverständlich, erwiderte Frau Martin und streckte
ihr eine Schachtel hin.

Die Alte wehrte ab:

– O nein, nicht eine ganze Schachtel. Zwei Streichhölzer, nur zwei, das genügt.

Dann wollte sie gehen, aber die Wäscherin hielt sie zurück. Sie hätte gern noch ein wenig geschwatzt und fand,
sie habe das Recht, ein paar Fragen zu stellen:

– Seid Ihr spazieren gegangen?

– Ja …

– Wohin denn?

– Wohin ich gegangen bin?

Die kleine Alte schien angestrengt in ihrem Gedächtnis
zu suchen. Dann sprach sie es ganz schnell aus:

– Nach Sion.

– So, so, nach Sion. Habt Ihr dort Verwandte?

– Nein …

Wiederum zögerte sie, als wäre sie nicht ganz sicher. Sie
schwieg einen Augenblick und gestand schließlich.

– Ich bin nach Sion gegangen, um mit den Herren vom
Regierungsgebäude zu sprechen … wegen der Altersun-
terstützung.

– Aha, und was hat man Euch gesagt?

– Sie haben gesagt, ich bekomme die Antwort mit der
Post.

– Und dann seid Ihr mit dem Siebenuhrzug wieder
heimgekommen? fragte Frau Martin noch, um das Gespräch nicht abzubrechen.

– Nein … zu Fuß, antwortete Agatha.

Sie wäre froh gewesen, wenn man sie jetzt in Ruhe gelassen hätte; sie wollte nach Hause.

– Zu Fuß! Zu Fuß, hin und zurück? Das ist ja nicht

möglich! Da seid Ihr ja mehr als zehn Stunden unterwegs gewesen!

– Ich habe sie nicht gezählt.

– Du meine Güte, wenn ich das gewußt hätte, so hätte ich Euch das Geld für den Zug geliehen.

– Oh, sagte die kleine Alte, darum hätte ich Euch nicht bitten wollen. So viel Geld könnte ich doch nicht zurückzahlen.

Die Lilie war verblüht. Es hatte in der Rabatte nur noch ein wenig Efeu und die runden, zähen Blätter der Kapuziner; aber Blüten trugen sie noch nicht.

– Das waren gewiß wilde Samen, hatte Frau Summatter gemeint.

Man sah Agatha kaum mehr, außer wenn sie zum Brunnen ging und wenn sie ihre Pflanzen begoß mit einer Konservenbüchse, die in ihrer Hand glänzte. Sie grüßte niemanden mehr, sprach nicht und schien mit allen zu grollen, sogar mit Frau Barras. Sie ist stolz, dachte man, aber man ließ ihr Schweigen gelten. Einmal wagte es die Wäscherin doch, sie zu fragen, ob sie eine Antwort aus Sion erhalten habe. Nein, die Alte hatte nichts erhalten.

– Ihr müßt Geduld haben, das wird schon noch kommen, sagte sie zu ihr.

Es war Mitte August, und an Mariä Himmelfahrt war das Quartier wie ausgestorben. Die meisten Leute befanden sich auf einem Ausflug, wie es üblich ist an diesem Tag. Sie hatten den Weg in die Berge genommen, um der Rhoneebene und ihrer lähmenden Hitze zu entfliehen, und es war für jeden eine wirkliche kleine Himmelfahrt, denn je höher man hinaufstieg, um so leichter wurde die Luft; man atmete freier und fühlte sich auch von den Engeln getragen. Aber ins Paradies konnte man nur einen Blick werfen; dann mußte man wieder hinabsteigen, und am Abend fand man die dumpfe Wärme seines Hauses wieder, seine Arbeit und seine Mühsal.

Am folgenden Tag hörte Frau Barras ihren Garten über Durst klagen, Frau Martin stellte fest, daß die Bügelwäsche von vorgestern, die sie doch vor dem Weggehen noch eingesprengt hatte, trocken und geschrumpft war. Léonie fand die Gaststube des Cafés in Unordnung, die Gläser nicht gespült, einige sogar zerbrochen, und sie schimpfte vor sich hin über ihre Ablösung.

Als gegen elf Uhr die Witwe ihre ersten Tomaten pflückte, hörte sie die Serviertochter rufen:

– Frau Barras, kommen Sie schnell!

– Was ist denn? fragte sie, ohne sich aus der Ruhe bringen zu lassen.

Aber das Mädchen schien ganz verstört:

– Du mein Gott, ich glaube, Agatha ist gestorben! Als ich zu ihr ging, fand ich sie nicht in der Küche, da habe ich die Stubentüre geöffnet … und ihre Beine am Boden liegen sehen.

Alphonsine war nähergetreten.

– Wozu auch diese Angst? sagte sie. Wenn sie tot ist, tut sie dir nichts.

Aber Léonie hörte nicht auf sie. Sie bat Frau Barras flehentlich:

– Kommen Sie mit!

Behutsam legte die Witwe ihre Tomaten auf den Gartenweg nieder, sorgfältig, um sie nicht zu verletzen, aber ihre Hände zitterten.

Sie betraten zuerst einen kleinen, dunklen Raum mit geschwärzten Mauern; das war die Küche. Die Haustüre ließen sie offen, um besser zu sehen und um die Verbindung mit draußen nicht zu verlieren, damit Helligkeit und Leben sie begleiteten. Da stand ein Herd, so sauber und so kalt, als wäre er nie benutzt worden, und ein Gestell aus zusammengenagelten Kisten, das ein wenig Geschirr enthielt: einen grauen Napf, zwei weiße Teller, einen irdenen Krug mit gelben Tupfen, eine feine, goldrandige Porzellantasse, die eine Hausfrau in den Abfallkübel geworfen hatte, weil sie gesprungen war, und die Agatha als etwas Kostbares an sich genommen hatte. Frau Barras und Léonie achteten im Vorbeigehen kaum auf diese Dinge: Sie hatten andere Sorgen, aber in Sekundenschnelle prägten sich ihnen diese Einzelheiten scharf ein.

Sie stießen die zweite Türe auf, sie war nur angelehnt. In diesem Zimmer konnte man nichts anderes sehen als, auf dem Boden ausgestreckt, eine alte Frau. Sie kam ihnen groß vor, größer als zu Lebzeiten. Mit anliegenden Armen und offenen Augen starrte sie zur Decke. Der Rock war etwas hinaufgerutscht und entblößte magere, gerade Beine, die Beine eines hölzernen Hampelmanns.

Frau Barras brauchte sie nicht anzurühren, um zu wissen, daß sie tot war.

– Wir wollen sie auf ihr Bett legen, sagte sie.

Jetzt trat auch Frau Martin ein. Sie war zum erstenmal in diesem Raum,

– Hände weg, riet sie den beiden Frauen. Wenn man einen Toten findet, muß man ihn lassen, wie er ist, und die Polizei und den Arzt rufen.

Aber es eilte ihr nicht, irgendwen herbeizurufen. Sie besah sich das eiserne Bett, die Bank, das Tischchen, auf dem dicht gedrängt ein halbes Dutzend Abbilder der Jungfrau und des Heiligen Joseph standen, in verschiedenen Größen, aus weißem oder bemaltem Gips. Die einen waren in einen ausgehöhlten Tuffstein plaziert, der die Grotte von Lourdes darstellte, die andern zwischen kleine, gelbliche Kerzen. Die Wäscherin wies mit dem Finger darauf und sagte respektlos:

– Sie konnte lange zu ihnen beten und ihnen Kerzen anzünden, sie haben sie doch krepieren lassen …

Dann ging sie in die Küche hinüber, betrachtete das selbstverfertigte Gestell und murmelte:

– Sie hat es noch verstanden, sich einzurichten.

Sie fuhr mit der Hand über das oberste Brett, öffnete eine Schublade, hob von zwei Büchsen den Deckel ab. In der zweiten fand sie eine Rinde Roggenbrot; das war alles, was an Vorrat übrigblieb.

Frau Barras und das Mädchen kamen nun auch, in der Absicht, jemanden zu holen; aber schon tauchte Berguerand, der Besitzer des Cafés, in der Wohnung auf, von Alphonsine benachrichtigt.

– Bleibt nicht da drinnen, sagte er zu ihnen, ich hole die Polizei. Aber ehe er wegging, gab er Frau Martin den Auftrag, sich vor die Türe zu stellen und niemanden einzulassen, bis er zurückkomme.

– Und hinaus? Auch niemanden? fragte sie geziert, denn sie hielt sich für geistreich.

– Wenn ihre Seele hinaus will, kann man sie nicht daran hindern, antwortete er lachend.

Er kam bald zurück in Begleitung eines Polizisten und eines Arztes.

– Der Tod ist gestern abend eingetreten, sagte der Arzt, nachdem er die Alte untersucht hatte.

Der Polizist notierte das auf ein Blatt.

– Sie ist an Verelendung gestorben, sagte er noch.

Und auch das wurde auf das Blatt geschrieben.

Als die Formalitäten erledigt waren, wurde der Leichnam ins Beinhaus der Stadt verbracht und die Türe des kleinen Hauses verriegelt.

Erst jetzt dachte man an die Familie der Verstorbenen, aber man stellte fest, daß es schwierig war, sie ausfindig zu machen. Mit längeren Nachforschungen fand man heraus, daß ihr Mann sich in einer Irrenanstalt befand, daß eine ihrer Töchter kürzlich in der Klinik ein Kleines zur Welt gebracht hatte, aber ohne Adreßangabe abgereist war, daß einer ihrer Söhne verheiratet in einem Nachbardorf lebte und vom Tod seiner Mutter keine Ahnung hatte. Die übrigen Nachkommen waren in der Fremde verstreut.

Und die kleine Alte wartete allein im Beinhaus, bis man sich herbeiließ, sie zu beerdigen. Frau Barras konnte sich nicht damit abfinden, daß Agatha keine Totenwache haben sollte wie die andern Verstorbenen. Nur schon der Gedanke, daß sie so allein gelebt hatte und jetzt immer noch allein und verlassen war! Es gibt nichts, das leerer und nackter ist als ein Beinhaus, schien es der Witwe.

Sie stellte es sich anders vor: In Gedanken legte sie Agatha aufs Bett, wusch ihr das Gesicht, schloß ihr die Augen. Sie schob das Tischchen mit den Heiligenfiguren heran, entzündete die Kerzen, schnitt in ihrem Garten Margeriten und ordnete sie rings um das Bett an. Und Mélanie, die kleine Totenwächterin, die auch im Quartier wohnte, kam herein mit ihrem seltsamen Lächeln, in der Wallisertracht, die sie gefällig trug, mit den schneeweißen Ärmeln, der Seidenbinde um den Hals und dem ovalen, geschwungenen Hut. Man spürte, daß es gut war für die Toten, von einer so zierlichen Alten bewacht zu werden; diese Gegenwart linderte ihre Einsamkeit. Und die Nachbarn, die Kinder traten ein, eins ums andere, zum Besuch, den man den Toten schuldig ist. Frau Barras sah sie alle vor sich, ganz deutlich! Da waren Herr und Frau Berguerand, Frau Martin und ihre Tochter, Frau Summatter, Berthe, Etienne, Florence.

– Die arme Alte, sagten sie.

Melanie antwortete:

– Oh, jetzt ist sie im Himmel.

Aber als die Witwe aus ihrer Träumerei aufwachte, sah sie jenseits der Straße die verschlossene Türe, das dunkle Fenster, das vertrocknende Beet. Und die, welche da gelebt, lag auf dem Friedhof, wohin sie weder Gatte noch Schwester, noch Kind begleitet hatte.

## Das Wunder

Ein Dorf kniete am Fuß des hohen Berges. Die Bewohner aber knieten nicht: Sie waren ungläubig. Das Kirchenvolk sprach von ihnen mit leiser Stimme und empörtem Blick. Ein Priester, so hieß es, sei dort vor Kummer gestorben, und der letzte hatte kürzlich die Flucht ergriffen. Die Pfarrer der Nachbargemeinden und die Bettelmönche wagten sich nicht mehr ins Dorf. »Wozu sich einer Steinigung aussetzen für dieses Gesindel? Wenn sie unbedingt verdammt sein wollen, so ist das ihre Sache!« Die Gläubigen der Umgegend stimmten bei: »Ein Geistlicher soll sein Leben nicht leichtfertig aufs Spiel setzen, dazu ist es zu kostbar.«

Ein Rebbauerndorf, in dem unter der Julisonne die Steine barsten und die Schlangen sich ringelten, ein Dorf, das nach Wein und nach Schwefel roch, nach Auflehnung und Verachtung. Männer, die das Gewehr oder den Dolch zur Hand nahmen, um gewisse Händel abzukürzen, die niemandem Rechenschaft ablegten von ihren Gedanken und Taten, nicht einmal dem Herrgott. »Wir sind freie Menschen. Der Berg gehört uns, das Dorf gehört uns, die Reben gehören uns. Man genügt sich selbst und braucht die andern nicht.«

Als der hochwürdige Bischof sah, welche Wendung die Sache nahm, faßte er einen gewichtigen Entschluß. Sie brauchen einen Heiligen, sagte er sich, und er ging in Gedanken alle Söhne der Kirche durch. Von vornherein schied er diejenigen aus, deren Bekehrungsdrang zu deutlich sichtbar war, die Eiferer, die Apostel, die, welche jeden Märtyrer beneideten, und die, welche mit einer einzigen Predigt ein ganzes Dorf erschüttern.

Nein, sie brauchten einen andern. Da kam ihm ein junger Seminarist in den Sinn, Marcel Antonin, den seine Zerstreutheit und seine Angst vor dem Predigen in den Augen all seiner Mitschüler lächerlich gemacht hatten. Dieser schüchterne junge Mann, der wenig begabt war, aber geduldig, hatte immerhin seine erste Messe gelesen und wartete zu Hause auf seinen Einsatz.

Der Bischof ließ ihn kommen.

Eine Woche später wurde Marcel Antonin zum Pfarrer des unbußfertigen Dorfes ernannt. Er traf dort an einem Novembermorgen ein. Keiner seiner Kollegen hatte ihn begleitet. »Das ist geradezu eine Mission … Wie wenn Sie nach China verreisten«, hatten sie zu ihm gesagt und ihm die Hand gedrückt.

*

Die Leute, welche auf der Straße unterwegs waren oder auf dem Felde werkten, grüßten ihn nicht. Sie taten immer noch, als ob es diesen Ankömmling nie gegeben hätte. Einer von ihnen stieß ihn im Vorbeigehen an und entschuldigte sich nicht; Blicke richteten sich auf ihn, ohne ihn zu sehen, und Marcel Antonin machte die merkwürdige Erfahrung eines Wesens, dem soeben die Gabe verliehen worden ist, unsichtbar zu sein.

Einen andern hätte das beleidigt, er freute sich darüber.

Er ging ohne Hast, den Kopf ein wenig gegen die linke Schulter geneigt, mit halb geschlossenen Augen und hängenden Armen: eine schlotterige, schwächliche, unschöne

101

Gestalt. Aber in ihm wachte ein geheimnisvoller Friede, wie ihn hier niemand kannte, kein Wesen und keine Landschaft; hier ist alles verletzt, alles gequält, die Seelen, die Gesichter, die Erde, die Gewässer und sogar der Himmel, wenn ein heftiger Wind die Wolken darüber hintreibt.

War das wirklich ein Pfarrhaus, dieser von Rissen durchzogene Bau, dessen Schieferdach so verwittert war, daß es den Regen durchließ? Der junge Priester besann sich nicht lange. Kaum war er im Haus verschwunden, erschütterte ein Gelächter die dicke Luft der Dorfstraße, aber es wurde kein Wort gesprochen.

Wie soll man seine Verachtung ein Wesen fühlen lassen, das nichts von sich hält? Hochmut ist die beste Zielscheibe für den, der verletzen will. Marcel Antonin lag er fern. Er war so demütig, daß der Spott ihn nicht einmal streifte.

Den Leuten wäre es lieber gewesen, wenn er sie aufgesucht hätte, freundlich, einschmeichelnd, oder sein Unbehagen unter forschem Auftreten verbergend. Dann hätten sie ihm geantwortet: »Das ist verlorene Liebesmüh. Wir glauben weder an Himmel noch Hölle!« Aber sie stellten enttäuscht fest, daß er sich gar nicht um sie kümmerte. Er lebte, als gäbe es nur ihn auf dieser Erde und nur einen Gott im Himmel. Er las seine Messe in der Kirche ohne Chorknaben, in zerrissenem Meßgewand, zwischen zwei Kerzen. Dann kam er heraus, durchquerte das Dorf, die Wiesen, die Weinberge, ohne jemanden zu suchen oder zu meiden. So viel Sorglosigkeit erstaunte sie: »Er ist nicht wie die andern, er hat keine Angst …«

Von Zeit zu Zeit wurde ihm schon ein Stein nachgeworfen, aber man zielte schlecht. Einmal traf ihn ein Bub an der Schläfe. Er zog das Taschentuch hervor und tupfte die Wunde ab, ohne sich umzudrehen oder die Gangart zu ändern. Bei ihm konnte die Furcht nicht eindringen, und so dachte er auch nicht daran, sich zu wehren. Schließlich gab man es auf.

So lebte der Pfarrer schweigsam und zurückgezogen am Rande seiner Gemeinde. Aber es gab drei oder vier Vorfälle, die zuerst geheimgehalten wurden, sich dann aber doch im Dorf herumsprachen.

Er machte lange Gänge im Freien bei Tag und bei Nacht. Er spürte die Kälte nicht. So wenig wie die Menschen, konnten ihm die Naturgewalten etwas anhaben.

Eines Abends war er querfeldein gegangen und näherte sich einem Eichenwäldchen. Er fragte sich, warum auf diesem kleinen Gehölz immer eine solche Trostlosigkeit laste. Nicht einmal die Abendsonne, die es eben jetzt aufflammen ließ, konnte ihm diese Schwermut nehmen. Wie in einer Glasglocke blieb es darin gefangen.

Er wollte hineingehen, da hörte er ein Geräusch. Das waren nicht nur die dürren Blätter … Er blieb ratlos stehen, verwirrt, daß er nicht allein war. Er dachte nicht daran, den Späher zu spielen, aber sein Körper war so leicht, so selbstvergessen, daß der Mann im Wäldchen seine Gegenwart nicht bemerkte. Louis Bernien war um die Vierzig. Er hielt einen Strick in der Hand und reckte sich, um ihn über einen Ast zu streifen. Er vollbrachte das mit Bedacht und Sorgfalt, und er wunderte sich selbst über diese Sorgfalt, denn gerade daran hatte er es in seinem Leben oft fehlen lassen. Als er fertig war, sah er den Priester vor sich stehen. Er sah ihn von einer Wolke der Güte umgeben, und diese Güte ging unmerklich auf den Mann über und wirkte wie ein Balsam. Marcel Antonin legte ihm die Hand auf die Schulter; der Mann begriff, daß ihn diese Hand auf der Erde zurückhielt, die er hatte verlassen wollen. Sie zwang ihn nicht, sie war einfach ein Rückruf ins Leben. Um sie beide wurde die Welt wieder gut. Die Luft und die Bäume atmeten Zuversicht. Er scharrte mit dem Fuß die Erde auf. Es war wunderbar, ihren Widerstand zu spüren, dieses Feste, auf das man sich verlassen konnte. Er vergaß, daß er hatte sterben wollen.

Der Priester war weggegangen, ohne auch nur den Strick mitzunehmen. Louis Bernien brauchte ihn nicht mehr.

An einem andern Tag geschah im Dorf das Folgende: Die alte Rédillou saß auf der untersten Treppenstufe vor dem Hause, in dem ihre Kinder, ihre Schwiegertöchter und Enkel wohnten. Man hatte sie aus der Stube gejagt, wo sie alle am Essen waren. Sie hatten zu ihr gesagt: »Geh weg, du bist zu dreckig! Geh, iß im Stall!« Es stimmte, daß sie sich nie wusch.

Sie war in die Kälte hinausgegangen und wartete wie ein Häuflein Elend auf das Erfrieren. Zuerst hatte die Empörung noch in ihr gebrannt und ihr die Stubenwärme ersetzt; aber die Bise hatte sie bald gelöscht. Um nicht zu spüren, wie sie ihr bis ins Innerste drang, fing sie an, laut vor sich hin zu schimpfen. Und da kam eben der Pfarrer des Wegs. Welche Gelegenheit! Sie konnte ihren Zorn an jemandem auslassen. Und den da brauchte sie nicht zu fürchten, er konnte sich ja nicht wehren. Hatte man ihn etwa kommen heißen? Die alte Rédillou schrie ihn an:

– Laß deinen Herrgott nur wieder auf die Erde herunterkommen! Du meinst, man müsse ihn lieben, weil er für uns gestorben ist. Und wir? Sterben wir etwa nicht? Schleppt man sein Kreuz nicht ein ganzes Leben lang mit sich herum?

Der Priester stand still und sah sie an. Und da er sie so aufmerksam betrachtete, hörte er nicht mehr, was sie sagte, aber er sah, daß sie nicht nur vor Zorn zitterte. Er streifte seine lange wollene Pelerine ab und bedeckte damit die kleine Alte, und er mußte lachen, weil sie so verstört aussah wie eine Katze, die man in einen Sack stecken will. Aber als er sich entfernt hatte, richtete sie sich auf, ließ die Falten der Pelerine würdig fallen und stieg die Treppe hinauf.

Ihre Kinder, ihre Schwiegertöchter und Enkel sahen sie erhobenen Hauptes in die Stube treten, einen weiten, dunklen Mantel hinter sich herziehend. Keines sagte ein Wort, aber man wich aus, um sie vorbeizulassen, man stellte am Ende des Tisches einen Sessel für sie hin. Und die Enkel packte der Schrecken: Sie glaubten, ihre Großmutter sei gestorben und komme so zurück, um ihnen ihr böses Herz vorzuhalten.

Es wurde Weihnacht. Und in dieser Nacht spielte sich abermals ein Drama im Eichenwäldchen ab, nur ohne Zeugen. Eine Frau grub mit Hackenschlägen ein Loch in die Erde. Sie war schon hart, immerhin weniger hart als die der umliegenden Wiesen. Oh, diese gefrorene Erde, die sich nicht öffnen wollte, die sich weigerte, am Verbrechen teilzuhaben, denn die Erde ist gleichgültig und rein.

Das Neugeborene lag daneben, in eine Schürze eingewickelt, ein kleines, häßliches Ding. Warum da soviel Umstände machen? Warum Hemmungen haben vor diesem Etwas? Ein wenig Blut, ein wenig Fleisch, das läßt sich zerdrücken wie eine Ratte. Hernach wird es vergessen. So redete sie sich beim Hacken zu. Jetzt hätte sie ein vierjähriges Kind in das Loch betten können. Wenn sie noch weiter gräbt, wird es ein Loch für sie selber. Wieviel Kraft so eine Dreiundzwanzigjährige hat! »Nein, jetzt Schluß damit!« Diesmal war Marcel Antonin nicht zugegen. Wäre er dagewesen, so hätte sie ihm das Kind gereicht. »Rettet es! ...«

Er kam nicht, aber sie hörte die kleine Kirchenglocke, die er just in diesem Moment zu läuten begann. Da erinnerte sie sich, daß es Weihnachtsabend war. Es kam ihr eine Idee. Sie ließ die Hacke fallen und trug das Bündel dem Dorf zu.

Der Pfarrer schickte sich an, die Mitternachtsmesse zu halten an seinem verblichenen, wurmstichigen Altar, über dem Statuen ohne Gesichter und ohne Kronen Wache hielten. Im Innern der Kirche herrschte dasselbe Wetter wie draußen. Kalte Luft drang durch die geborstenen Scheiben herein, auf den Bänken lag eine dünne Schneeschicht, aber kein Kind hatte darin den Abdruck seiner Knie zurückgelassen. Um sich darüber hinwegzutrösten, sagte sich Marcel Antonin, daß im Frühling die Vögel dem Gottesdienst beiwohnen und ein wenig Weihwasser trinken würden und daß dort, wo jetzt der Verputz abblätterte, dann die Falter mit ihren Flügeln die Mauern zierten.

Da es keinen Mesner gab, läutete er selber die große Glocke, dann zog er ein Meßgewand über, an dem noch ein Rest von verblaßtem Gold und Stickerei zu sehen war. Er zündete die Kerzen an, sprach die Gebete. Nun sah er die Armseligkeit des Raumes nicht mehr, und er spürte nichts mehr von der Kälte. Seine Gesänge blühten auf wie Rosen- und Schlehdornbüsche, ihre gebogenen Zweige überdeckten die Nacktheit des Altars und bildeten eine Wiege, in der das Allerheiligste ruhte. Oben am Gewölbe leuchtete der Stern von Bethlehem. Aber im Augenblick der Wandlung, als Marcel Antonin sich über den Kelch beugte, glaubte er ein Wimmern zu hören. Er wandte sich nicht um, überzeugt, daß es eine Täuschung sei. Als er die Messe gelesen hatte für alle, die nicht da waren, kehrte er in die Sakristei zurück, um dort das Meßgewand abzulegen. Zum erstenmal bedrückte ihn seine Einsamkeit.

– Man kann nicht noch mehr allein sein … murmelte er.

Er stieg langsam ins Schiff hinunter, und wie er Weihwasser nehmen wollte, entdeckte er auf dem Becken ein Bündel. Er fragte sich verwundert, was es enthalten könnte, als abermals ein Schrei daraus hervordrang.

Durch ein Fenster spähte Sabine, die ledige Mutter, herein. Als sie sah, daß der Priester das Bündelchen aufhob und wegtrug, überlief sie ein Schauder der Freude.

Im Pfarrhaus legte er seine Last behutsam auf den Tisch neben eine Kerze; er schob die Schürze auseinander, wikkelte ein paar Tüchlein auf, und ein kleines Kind kam zum Vorschein.

Unverzüglich ging er in die Küche und kehrte mit einem Glas Wasser und einem Glas Milch zurück. Er netzte den Finger und taufte das Neugeborene, dann tunkte er den Zipfel eines sauberen Taschentuches in die Milch und schob ihn in den kleinen, schreienden Mund. Das Kind begann zu saugen. Es hatte ein runzeliges Gesicht, aber das Kerzenlicht milderte alles noch Häßliche an ihm und umgab es mit einem sanften Schein. Marcel Antonin beugte sich vor und wärmte es mit seinem Atem. Da schlug es vor ihm die Augen auf, Augen, die noch nicht sehen konnten.

Er entfernte den Deckel von einer kleinen Holztruhe. Mit zärtlichen, ungeschickten Bewegungen bettete er das Kind hinein. Und bis es tagte, lag er vor dieser Krippe auf den Knien und betrachtete es.

Man erfuhr nichts davon im Dorf. Es hieß nur, der Pfarrer sei am andern Tag zu Fuß fortgegangen mit einem kleinen Korb an der Hand. Tags darauf war er zurückgekommen, den Korb mit Kerzen gefüllt.

Von diesem Tag an betrat Sabine, jedesmal wenn er wegging, leise das Pfarrhaus, wischte die Zimmer, wusch das Geschirr und schälte die Kartoffeln. Sobald sie den Pfarrer kommen sah, verschwand sie wortlos. Aber einmal kam sie auf ihn zu und fragte:

– Wo ist es jetzt?

Ihre Stimme klang rauh, und sie sah ihn an mit ihren großen Augen, diesen farbigen Landkarten, worin man die Namen der Städte lesen konnte, in denen sie gewohnt, und die Namen der Meere, auf denen sie Schiffbruch erlitten hatte. Der Priester sah sie auch an und antwortete ihr:

– Es ist bei meiner Schwester, die es mit den andern Kindern aufzieht.

Die Lippen des Mädchens zitterten. Es senkte den Kopf zum Gruß und verschwand.

*

Es war Ende Mai. In den Rebbergen begann man aufzubinden, auszubrechen. Die Reben, welche das Dorf umgaben, unterschieden sich von den Weinbergen anderer Gegenden. Sie waren auf einen riesigen Schuttkegel gepflanzt, der einmal vom Berg heruntergekommen war; und jedes Grundstück umgab eine hohe, unnötige und bereits wieder zerfallende Steinmauer, so daß das Ganze an eine alte Ruinenstadt erinnerte.

Die Steine waren an der Sonne schon heiß geworden, und die Schlangen, die immer kalt haben, wärmten sich daran die Haut. Man sah lange, goldbraune Nattern und silbrige Vipern mit schwarzer Zeichnung. Den ganzen Tag irrten die Männer zwischen den Rebstöcken umher mit einer Tanse Sulfat auf dem Rücken. Der Boden wurde rissig und strömte einen Höllengeruch aus, während sich über ihnen der Himmel wölbte wie ein Abbild des Paradieses, jenes Paradieses, an das zu glauben sie sich weigerten.

Sie waren alle im Hang drin am Schwefeln in der prallen Sonne. Dieser Wein, den sie im Herbst haben wollten, nahm ihre Zeit, ihren Schweiß, ihre Manneskraft, ihre Gedanken in Anspruch; aber er würde ihnen sein eigenes Blut schenken, purpurn oder fahlgelb, seine eigene Seele, die in den Körpern aufbrach in Flammen, in Träumen.

Als sie so am Spritzen waren, sahen sie plötzlich unten auf der Landstraße, die sich schnurgerade durch Mais- und Erdbeerfelder hinzog, ihren kleinen Pfarrer fortgehen.

– He, schaut euch das an!

– Seht Ihr's, Präsident?

So tönte es von einem Rebberg zum andern.

– Was denn?

Sie zeigten einander, wie ihr kleiner Pfarrer auf der Landstraße davonging.

– Reist er ab?

– Was hat man ihm zuleide getan?

– Ist es sein Ernst?

– Meinetwegen soll er gehen, wir pfeifen drauf.

Sie nahmen ihre Arbeit wieder auf, aber nur für einen Augenblick. Dann wandten sie sich schon wieder der Ebene zu. Stimmte es wirklich? Er verließ sie? Das kam ihnen merkwürdig vor. Sie hätten ihn gerne wieder eingefangen, wie man eine Fliege fängt, mit einer kräftigen Handbewegung. Dann surrt sie ein bißchen in der hohlen Hand … Ihn einfangen und wieder ins Dorf einsetzen. Er gehört schließlich uns, der kleine Pfarrer! Er hat kein Recht, Reißaus zu nehmen. Heißt das jetzt, daß wir ihn mögen? Stimmt es, daß wir an ihm hängen? Daß es uns zusetzt, wenn er fortgeht?

Louis Bernien sagte: Nein, er geht nur zu seiner Schwester, morgen abend kommt er zurück.

– Aha, er kommt wieder.

Man konnte mit der Arbeit weiterfahren. Und doch war es nicht mehr wie vorher. Die Männer überlegten. Wenn man ihn schon mag, muß man es ihm auch zeigen. Sagen kann man es ihm nicht. Wir müssen etwas tun. Und sie dachten an die kleine Kirche, um die sie sich nicht mehr gekümmert hatten. In was für einem Zustand befand sie sich jetzt? Schlimmer als ein Stall! Und da drin läßt man ihn ganz allein. Wie ihn das anöden muß!

Sie hatten ihre Tansen weggestellt. Einige gingen ins Dorf hinunter. Sie verhandelten miteinander. Dann wurden die Frauen herbeigerufen.

– Wir wollen ihm seine Kirche frisch streichen! Wir streichen ihm auch das Pfarrhaus! Ihr Frauen bringt Wasserkübel, Scheuertücher, Besen und kommt zum großen

Reinemachen. Wir müssen uns beeilen: Er kommt morgen zurück.

– Bei dieser Hitze! maulten Alte und Junge, aber sie lachten dazu, erfreut über die Abwechslung.

Und während sie zum Brunnen liefen, richteten die Männer den Kalk. Man hatte alle Leitern des Dorfes angelegt. Zum Glück war die Kirche nicht groß, es war beinahe eine Kapelle. Wenn alle einander halfen, würden sie schon fertig werden. Aber es waren nicht alle aus den Reben gekommen. Die, welche oben blieben, sahen von weitem zu und machten ihre Witze.

– Die sind ja verrückt geworden!

Die Frauen, sogar die alte Rédillou, fegten die Fliesen, die Bänke. Sabine wischte den Staub vom Altar mit einem großen, feuchten Tuch. Vor dem Tabernakel hielt sie beschämt inne: Oh, welch ein Elend! Sein Gott ist schlechter untergebracht als der Ärmste im Dorf.

Von draußen riefen ihnen die Männer zu:

– Ihr habt es gut dort drinnen, in der Kühle!

Aus dem Pfarrhaus ertönten Rufe:

– Er hat ja kein Bett, er schläft auf den Brettern! Und was ißt er? Seine Kasten sind leer, man findet nichts darin als ein Stück Brot.

Als die Nacht kam, waren alle Mauern frisch geweißelt, und das Innere der Kirche roch nach Wasser und Sauberkeit. Ganz befriedigt gingen sie schlafen.

Aber Sabine schlief nicht. Sie mußte wieder daran denken, wie armselig die Kirche ausgestattet war, das Tabernakel verlottert, die Heilige Jungfrau in Lumpen … Sie öffnete ihren Schrank und holte ein Kleid hervor aus der Zeit, da sie noch in der Stadt wohnte. Ein weiches Kleid aus dunkelrotem Samt, das sie früher angezogen hatte, wenn sie am Sonntag zum Tanz ging. Seit sie ins Dorf zurückgekommen war, hatte sie es nie mehr getragen. Sie fuhr mit der großen Schere hinein und schnitt zwei unge-

110

fähr gleiche Kleidchen zu, das eine etwas enger als das andere. Sie begann das erste zu nähen, rasch, rasch, mit regelmäßigen Stichen. Es sah aus wie ein Puppenkleid. Als sie fertig war, holte sie eine Schachtel und zog eine Kette von Glasperlen daraus hervor. Sie zerriß den Faden und ließ alle Perlen in die hohle Hand gleiten. Sie fing sie mit der Nadelspitze auf und heftete sie auf den Samt. Bald war das ganze Kleid verziert. Tränen fielen auf den Stoff, so daß er zwei Arten von Perlen trug: die toten und die lebenden. Aber Sabine warf ihre Arbeit von sich und murmelte:

– Du bist nicht würdig, die Mutter Gottes einzukleiden.

Dann schlief sie ein. Bald hörte sie es an die Tür klopfen. Sie stand auf und öffnete. Zuerst sah sie nichts, aber als sie den Blick senkte, gewahrte sie die Madonna, die zu ihr aufschaute. Sie reichte ihr nur bis ans Knie.

– Was wollen Sie? fragte Sabine.

– Gib mir das Kleid, das du für mich genäht hast.

Die junge Frau erwachte. Ihr Blick glitt über den Fußboden, wohin sie das Kleid am Abend geworfen hatte. Sie war überzeugt, die Jungfrau habe es mitgenommen. Aber es war noch da: Ich werde es ihr selber anziehen, wenn sie es doch so will.

✳

Als die Männer am andern Morgen wieder an ihr Rebwerk gingen, blickten sie stolz auf die geweißelten Mauern der Kirche und des Pfarrhauses.

– Das sieht gut aus, fanden sie.

Aber ein Blick ins Innere dämpfte ihre Freude. War das kalt und ärmlich! An den Mauern zeigten sich Flecken, und die Altäre erschienen noch kahler, seit man den Staub weggewischt hatte.

– Man müßte sie auch inwendig streichen, meinte einer.

– Nur, wandte ein anderer ein, man ist es nicht mehr gewohnt …

– Ja, wir sind schon lange nicht mehr drin gewesen.

– Das verpflichtet uns zu nichts; wir wollen ihm ja nur eine Freude machen.

Erhobenen Hauptes traten sie ein, aber dann war es ihnen doch peinlich. Um Haltung zu bewahren, sahen sie sich die alten Bilder an, die noch an den Wänden hingen. Auf einer Votivtafel entdeckte einer seine Großmutter, ein anderer fand sich in der Wiege neben seiner Zwillingsschwester: Dank von Vater und Mutter, die sich wegen ihrer Unfruchtbarkeit Sorgen machten und dann gleich zwei Kinder aufs Mal geschenkt bekamen. Und der Gemeindepräsident, jetzt ein Greis mit weißem Bart, erkannte das erste Mädchen, das er geliebt hatte und dessen Gesicht ihm entfallen war, denn er hatte sich längst verheiratet, und seine zehn Kinder erfreuten sich einer zahlreichen Nachkommenschaft. Die Kranke lag totenbleich in einem Himmelbett, ihr schwarzes Haar umhüllte den ganzen Oberkörper. Er selbst hatte seinerzeit diese Votivtafel versprochen, wenn sie gesund werde: Sie war genesen. Voller Freude hatte er das Bild an der Wand befestigt, und dort war es hängen geblieben. Aber wenig später war das Mädchen bei einem Unfall ums Leben gekommen, und aus Wut hatte er die Kirche nie mehr betreten. Heute tat ihm das leid, wie wenn er seine Braut hier drinnen in einem langen Todeskampf alleingelassen hätte.

Noch andere betrachteten den Beichtstuhl, der in ihnen merkwürdige Gedanken aufwühlte, und sie stellten schadenfroh fest, daß die Würmer das kleine Holzgitter völlig zerfressen hatten, vor dem sie sich einst zur Buße hatten demütigen müssen. Aber seit sie ihre Sünden für sich behielten, kamen sie ihnen größer vor, und das ärgerte sie.

Der eine sagte:

– Nein, wir wollen nicht mehr in die Vergangenheit zurück, diese Dinge sind vorbei.

Sie waren vor dem Altar angelangt, und plötzlich spürten sie hinter der kleinen Türe des Tabernakels eine Gegenwart. Hatten sie sie wirklich vergessen? Hatten sie sich denn eingebildet, nicht mehr daran zu glauben? Sie errieten, daß da drinnen eine ganz ungewöhnliche Kraft eingeschlossen war, die sie ansah, die wußte ... ja, ER wußte alles, und sie, was wußten sie?

Der Mann, der soeben gesprochen hatte, kam zwar nochmals darauf zurück:

– Die Welt hat sich verändert: Wir leben in einer andern Zeit.

Aber sie schüttelten den Kopf:

– Er ist ein Gott aller Zeiten.

*

Schiff und Chor wurden mit rosa Kalk verputzt. Es war wirklich schön und sah festlich aus. Blieb noch der Altar. Die Frau des Präsidenten brachte ihr bestes Tischtuch, und man breitete es vor dem Tabernakel aus. Sabine zog der Madonna ihr Samtkleid über. Die Kinder kamen aus den Wiesen zurück, mit Blumen beladen. Daraus wurden Sträuße von Esparsetten, von Mohn, Skablosen, Margeriten für die Nischen. Die Kirche roch gut, sie war kühl wie eine Grotte und enthielt allen Duft und alle Freude der Wiesen.

– So, jetzt kann er kommen, sagten die Männer.

Am andern Morgen standen sie in aller Herrgottsfrühe auf und zogen sich sonntäglich an. Ohne Hast machten sie sich auf den Weg zur Kirche, erfüllt von einem ruhigen Glücksgefühl. Sie hörten nicht auf die Spöttereien derer, die auf ihrer Schwelle stehen blieben. »Was sucht ihr dort oben? Er schenkt euch ja nichts.« Sie verzichteten auf eine Antwort. In der Kirche warteten sie, etwas beunruhigt.

– Wenn er nun nicht kam?

Die Ungläubigen, die es abgelehnt hatten, mit ihnen zu gehen, waren trotzdem neugierig und näherten sich schließlich der Kirchentüre.

Sie sagten halblaut:

– Man kann ja sehen.

Auch sie dachten:

– Und wenn er nicht käme?

Er kam, aber zuerst sah ihn niemand. Es war ein Handgemenge entstanden zwischen denen drinnen und denen draußen, welche sich über sie lustig machten. Ein paar Männer waren aneinandergeraten und beschimpften sich.

Marcel Antonin bahnte sich einen Weg; er wurde zurückgedrängt und dann mitten ins Kirchenschiff hineingestoßen. Erst jetzt erkannte man ihn. Von dem Stoß war die Last, die er trug, auf die Fliesen gefallen. Es war ein kleiner Kindersarg aus Tannenholz. Da entstand eine tiefe Stille. Die Männer dachten nicht mehr daran, sich zu schlagen. So stark sie sich auch glaubten, traf sie doch das Geheimnis dieses Sarges an ihrer empfindlichen Stelle, in dem, was ihnen auf der Welt das Teuerste war: ihre eigenen Kinder. Nie war ihnen der Tod so wirklich erschienen. Sabine weinte leise in ihre gefalteten Hände hinein.

Der Pfarrer war mit dem kleinen Schrein in der Sakristei verschwunden und kehrte zurück im Priestergewand. Und wie er es so manches Mal allein getan hatte, zelebrierte er die Heilige Messe mit seinen sanften, gütigen Gebärden. Als er bei der Predigt angelangt war, wandte er sich den Anwesenden zu, und alle sahen ihn an, die alte Rédillou, Sabine, Louis Bernien, der Präsident.

Er sah alle diese Augen zu ihm aufblicken, diese Augen, die auf das Paradies warteten … Da überkam ihn die

Furcht, nicht sprechen zu können. Aber Gott erinnerte sich an das erste Pfingstfest und legte seinem Jünger das Wort auf die Zunge.

Und selbst das tote Kind hörte es.

## Verleugnung

»Ja, ja, das Alter …« sann im Gehen der junge und schöne Landjäger Antonin. »Das Alter …« Er wollte sagen, daß es nichts Erfreuliches sei, daß es häßlich sei, nutzlos, aber er wußte nicht, wie er es denken sollte.

»Es wäre besser, vorher zu sterben, mit sechzig … ja, sechzig.« Er zögerte einen Augenblick: »Nein, sagen wir siebzig.«

– He, du, wie alt bist du? wandte er sich an den Mann, den er begleitete.

Ein großer Alter, unanständig groß (ja, man war abgestoßen davon), weil er sich dem Blick aufdrängte, sich ausrollte, anstatt in sich zusammenzufallen, wie die andern. Er verzog keine Miene. So ein Gesicht hat keine Züge mehr, keine Augen mehr. Anstelle des Blicks etwas Feuchtigkeit und Blut und vertrocknete Haut …

»Taub natürlich! Nichts mehr geht, die ganze Maschine ist kaputt. Ja, man täte besser daran, vorher zu sterben.«

Jetzt erinnerte er sich, daß der Gemeindeschreiber zu ihm gesagt hatte: einundneunzig. »Und das nennen sie ein schönes Alter! Sie schenken ihnen Lehnstühle! Man sieht ihr Bild in den Zeitungen, und man sieht sie sogar lachen, die Hundertjährigen, auf den Photos, lachen!«

Dem da hat man noch nichts geschenkt, nein, noch

116

nicht, er muß noch ein paar Jährchen warten ... Von dem hatte der Gemeindeschreiber zu Antonin gesagt:

– Er bittet die Gemeinde, für seinen Unterhalt zu sorgen. Es stimmt, daß er nichts mehr hat. Aber da ist noch ein Sohn in der Stadt, ein Notar, der im Wohlstand lebt. Dorthin sollst du ihn bringen. Es ist die Pflicht dieses Sohnes, sich um den Vater zu kümmern. Das ist bürgerliches und natürliches Gesetz.

Das farblose Gesicht zuoberst auf dem langen Körper will etwas ausdrücken. Ja, die Runzeln sind rot wie kleine Einschnitte. Die Haare haben vielleicht am wenigsten Leben. Die sind schon tot, die Haare.

– Bist du müde? Wir können uns ja ein Weilchen auf die Mauer setzen.

Im Rücken hohes Gras, Margeriten, violette Salbeiblüten, und auf dem Bauch eine schwere Juniwärme. Man ist wunschlos zufrieden. Alles ist voll bis an den Rand: die Wiesen, die Weinstöcke, die Gärten, die Rhone.

– Geht's, Zacharie?

– Ja, antwortet der Alte.

Einen Kilometer weiter steht linker Hand ein kleines rosafarbenes Haus, würfelförmig, mit ziegelroten Läden. Bemerkt Antonin, daß es rosa ist? Vielleicht nicht. Aber er kennt es besser, er weiß, wie es inwendig aussieht. Er öffnet es in einem Zug wie ein Puppenhaus: im Erdgeschoß die Küche, das Café-Restaurant, die Veranda; oben die Wohnung des Inhabers; unter dem Dach das Zimmer des Dienstmädchens. Sie ist nett, sie bedient die Gäste, kümmert sich um den Haushalt, betreut die Kinder.

– He, Zacharie! Er muß den Alten schütteln. Er nimmt ihn am Arm und zieht ihn mit sich.

– Du kannst dich weiter vorn ausruhen. Dort im Schatten ist es dir wohler.

Sie sind vor dem rosaroten Haus angelangt. Der Landjäger macht es seinem Gefährten auf der Wiese unter einem Apfelbaum bequem.

– Warte einen Moment, ich habe hier zu tun.

Antonin ist eingetreten, aber der Alte hat den freundlich hellen Ton der Glocke nicht hören können, mit dem die Türe wieder zuging. Und für ihn öffnet sich das Haus nicht wie ein Puppenhaus. Er sieht nur die Fassade. Überhaupt. Die Welt, die Erde zieht sich vor Zacharie zurück. Er, der früher so gern die Berge betrachtete mit ihren Wegen, ihren Rinnen, ihren Waldgrenzen, hat heute nur noch eine hohe Mauer vor sich, auf der sich alles verwischt. Und wenn er nach einem Grashalm greifen will, kommt es ihm vor, der Halm weiche ihm aus, rücke weg, mache sich über ihn lustig.

Er wartet. Es macht ihm nichts aus. Er hat schon so viel Geduld gebraucht, um alt zu werden. Er ist es gewohnt.

\*

Jetzt gehen sie wieder nebeneinanderher auf der Landstraße. Die Stadt kommt in Sicht.

Antonin wird gesprächig.

– Das dritte Haus nach der Brücke ist das Café du Simplon. Dort kehren wir ein und trinken zusammen ein Gläschen Wein. He, das reimt sich ja!

Er lacht.

Wir haben Zeit, es ist erst drei Uhr … Sie schenken dort einen feinen Muskateller aus. Und ich kenne die Kellnerinnen. Hier sehen sie schon aus wie in der Stadt: schulterlanges Haar, schöne Mähne, Ohrringe, und ein wenig bissig sind sie auch; dann antwortet man ihnen halt im gleichen Ton. Wenn man sie anrührt, dann zeigen sie die Zähne … das gefällt mir. Und eine Gelegenheit wie heute muß man benutzen, man kommt hier nicht oft vorbei.

– Hast du Durst, Zacharie?

Der Alte hört nicht.

– Oh, er wird es schon begreifen.

Diesmal wird er eingeladen mitzukommen. Drinnen ist es kühl und still wie in einer Kirche und dämmerig. Die Tische und Stühle sind aus glänzendem, rötlichem Holz und fühlen sich glatt an.

– Da ist einem wohl.

Der Alte findet das auch.

Die Kellnerin taucht aus dem Dunkel auf und kommt auf sie zu.

– Sie wünschen?

– Einen Dreier Muskateller.

Sie stellt die Gläser und die Flasche vor ihnen auf den Tisch, geht dann zum Grammophon und legt eine Platte auf. Sie lächelt ein wenig zum Gendarmen hinüber. Zacharie hat sein Glas ausgetrunken. Er ist glücklich. Das Geräusch der Musik dringt bis zu ihm. Drinnen hört er immer besser als draußen.

– Ja, erklärt Antonin. Das ist der Vater von Marcel Cortaz, dem Notar, kennen Sie ihn?

– Natürlich, der Notar.

Sie hat es wiederholt, ohne etwas dabei zu denken. Sie wundert sich nicht einmal. Was geht es sie an? Sie plaudert, um zu plaudern und um den Blick Antonins auf sich zu behalten.

Zacharie errät, daß man von ihm spricht.

– … und ich bringe ihn jetzt zu seinem Sohn.

– So wohnt Ihr jetzt dann in der Stadt? wendet sich die Kellnerin an den Alten.

Er lacht verlegen. Bis jetzt lebte er dauernd in der Angst, nicht zu wissen, was er mit seinem Körper anfangen soll, mit diesem Körper, der zu nichts mehr taugt, den man mit sich herumschleppt, dessen man sich schämt. Und alle lehnen ihn ab, stoßen ihn von sich. Man weiß ja, daß man überzählig ist, man braucht nur noch zu sterben. Aber es ist gar nicht so einfach, endgültig zu gehen. Man muß so manches Mal sterben, ehe man wirklich stirbt. Das verlangt endlose Geduld. Und inzwischen ist man notgedrungen noch da. Aber man kann nicht mehr allein bleiben, man braucht jemanden. Man ist hilfloser als ein Kind , in der Nacht hat man Angst. Man weiß nie, was passieren kann. So vieles kann passieren …

Jetzt aber hört er:

– Ihr werdet bei Eurem Sohn wohnen. Ihr werdet es gut haben. Da gibt's Abwechslung.

Und die Kellnerin zu Antonin:

– Oh, die hat eine Garderobe, diese Madame Cortaz, das sollten Sie sehen! Und nach einer Pause:

– Sie kann es sich auch leisten.

Und dann noch:

– Es ist unterhaltsam hier, man langweilt sich nicht. Ich möchte nie mehr in einem Dorf leben.

Sie trippelt weg, denn die Grammophonplatte läuft leer.

Schon lange hat sich der Alte nicht mehr so wohl gefühlt. Bis jetzt war er allein oder mit fremden Leuten zusammen gewesen. Man sollte nicht auf Fremde angewiesen sein, wenn man alt ist und krank. Sie sind nicht verpflichtet, sich um uns zu kümmern. Aber die Familie … ja, man hatte ihm das erklärt. Jetzt wurde er aufgenommen: Man wußte es jetzt und sagte es auch.

Seinen Sohn zu sehen, machte ihm bange. Er erinnerte sich nur noch an ihn, als er klein war, als er ihn in seiner Hutte aufs Feld hinaustrug. Ja, an diese Zeiten erinnerte er sich noch. Dann an fast nichts mehr. Nur ein peinlicher Eindruck ist geblieben: Sein Sohn entfernte sich von ihm, wie jetzt die Welt, er ließ sich nicht mehr tragen und anfassen. Und jetzt sprach die Kellnerin von ihm und gab ihm diesen Sohn zurück.

Er hat sein zweites Glas ausgetrunken. Er ist mehr als zufrieden. Er muß seine Freude zum Ausdruck bringen. Er steht auf, stellt sich vor die Theke und singt:

*Die Mädchen und die Buben,*
*Die Mädchen und die Buben!*

und schlägt dazu den Takt mit seinem überlangen Arm.

– Hören Sie mal, der ist aber lustig, Ihr Alter!

– Ja, ich habe vielleicht etwas Dummes gemacht, antwortet Antonin.

– Oh, die müssen auch einmal ihr Vergnügen haben.

– Er ist einundneunzig.

– Das würde man nicht meinen.

Der Landjäger ist aufgestanden. Er legt das Geld auf den Tisch und das Trinkgeld dazu.

– Adieu, Mademoiselle.

Sie gibt beiden die Hand.

✳

Das Haus, in dem der Notar wohnt. Es ist eine grün gestrichene Villa mit viel Dachwerk und kleinen Säulen an den Fenstern; ein Garten trennt sie von der Straße, ohne Schatten, ohne Geheimnis. Die erst kürzlich gepflanzten Bäume sind noch niedrig, die Tannen nicht höher als die Rosenbäumchen.

– Es ist schön hier, bemerkt Antonin respektvoll, es ist neu.

– Ja, bestätigt der Alte ernst.

Der Notar wohnt im ersten Stock. Rechts neben der Eingangstüre kann man seinen Namen lesen in weißen Lettern auf einer schwarzen Tafel, worin sich Antonins Gesicht widerspiegelt. Der selbe Name wie bei Zacharie, dennoch liest er ihn mit angstvollem Staunen, als handle es sich um einen wildfremden Namen.

Auf dem Kiesweg hat der Alte eine Rose gestreift. Sie ist ihm mit all ihren Blütenblättern in die hohle Hand gefallen. Ein laues, lebendes Gewicht. Er wundert sich … er wußte nicht, daß eine Rose so schwer sein kann und so

121

lebendig. Er steht still. Was soll er damit anfangen? Er streckt die Finger und läßt sie lautlos fallen.

Jetzt sind sie eingetreten, die beiden. Die granitene Treppe ist unerbittlich hart unter den Füßen, welche sich an den Staub der Landstraße gewöhnt haben, an den weichen Asphalt. Der Alte stolpert, fällt beinahe hin. Mit einer Hand packt ihn der Landjäger am Arm, mit der andern drückt er auf die Klingel.

Ein Dienstmädchen in weißer Schürze öffnet.

– Was wollen Sie?

– Ist Herr Cortaz zu Hause?

– Wen darf ich melden?

– Sagen Sie ihm, es betreffe seinen Vater.

Sie geht wieder hinein. Die beiden warten einen Augenblick vor der Türe. Man hört Musik. Sie muß aus dem Zimmer rechts kommen, vielleicht aus dem Salon. Wirklich, diese Stadtleute … Es ist beruhigend. Man stellt sich vor, daß Leute, die Musik lieben, nur nett sein können.

– Du wirst dich gut halten, Zacharie, nicht wahr?

– Ja, ja …

Der Notar erscheint. Offenbar hat er es eilig. Er ist klein, schwarzhaarig, trägt eine Hornbrille.

– Was ist los?

Man stößt auf die gleiche Materie wie bei der Treppe: eintönig hart, unnachgiebig, mit scharfen Ecken. Von Kopf bis Fuß nicht die geringste Spalte oder Einbuchtung. Er hat sich zu lange zusammengenommen, seit er sein Dorf verlassen hat, und ist Stufe um Stufe aufgestiegen. Jetzt fühlt er sich sehr hochstehend.

Antonin errät das alles. Wie soll er beginnen? Ohne Umschweife legt er los:

– Man hat Ihnen geschrieben, daß Ihr Vater Mangel leide. Sie haben sich nicht gemeldet. Jetzt bringen wir ihn her.

– Ich verstehe nicht, murmelt der Notar.

– Da ist er. Er leidet Not. Er schleppt sich durchs Dorf … Es ist doch nicht Sache der Bevölkerung oder der Gemeinde, für ihn aufzukommen. Man hat sich gesagt, das sei jetzt Ihre Angelegenheit.

– Das geht mich in keiner Weise an.

– Er kann doch nicht betteln gehen!

– Von wem sprechen Sie?

– Nun, von ihm, sagt der Landjäger.

– Ich kenne diesen Menschen nicht.

Die Augen hinter den Brillengläsern sind rund und zwinkern nicht. Sie blicken einen scharf an und dringen ein wie Nägel.

– Aber er ist schließlich Ihr Vater, empört sich Antonin.

Hinten im Korridor lauert das Dienstmädchen. Die Musik im Salon ist verstummt, und vielleicht hört jemand zu.

– Ich habe nichts mit diesem Menschen gemein.

– Das ist doch allerhand!

Erfaßt der Alte, was gesprochen wird? Er steht immer noch da, aufrecht, zu groß. Er rührt sich nicht, er wird dableiben mit seinem sperrigen und häßlichen Körper. Er schaut weder Antonin noch den andern an. Man weiß nicht, wo er hinschaut.

– Hören Sie, Herr Cortaz, so geht das nicht. Ich kenne Sie! Man weiß, wer Sie sind, und man weiß auch, wer er ist.

– Es hat keinen Zweck. Fort mit euch! schrie der Notar.

Und die Türe fiel wieder ins Schloß.

### Sie besorgte das Vieh

Dort oben sind die Grashänge so steil, daß sie die Heubür-
den auf dem Kopf tragen müssen. Deshalb bringen sie
nicht alles Heu ins Dorf hinunter; sie tragen einen Teil davon in die weit über den Berg verstreuten Maiensäße und
überwintern dann dort das Vieh. Zweimal am Tag geht
man hinauf, um die Kühe zu besorgen, das heißt, sie werden gefüttert und gemolken.

Das Maiensäß, um das sich Mathilde im Dezember
kümmern mußte, befand sich in einer abgelegenen Lichtung. Der Weg dorthin führte durch einen Wald von Lärchen und Arven, der ganz erfüllt war vom Knacken der im
Eis gefangenen Baumrinden. Dieses Geräusch vertiefte die
Stille noch; Mathilde nahm es gar nicht mehr wahr, sie
hörte nur das Knirschen ihrer Schritte im Schnee. Aber
manchmal spürte sie es bedrängend im eigenen Körper,
wie der Berg am Ersticken war … Die Sonne machte hart-
näckige Vorstöße, um ihn zu befreien. Sie sprengte die
gläsernen Hüllen der Zweige, sie brachte im abgewürgten
Bergbach ein Wässerlein zum Rinnen, sie legte Feuer an
einen roten Fuchspelz und ließ am Wegrand Sterne aufblitzen.

Geblendet senkte das Mädchen die Lider und schaute
auf die Ebene hinunter. Sie sah schmutzig aus, weil dort
kein Schnee lag, schmutzig, aber auch aufgeräumt mit ih-

ren bernsteingelben Wiesen, mit ihren fein gestrichelten Rebhängen, als wäre ein Rechen sorgfältig darübergefahren, und mit ihrer Rhone, die den Talgrund entzweiriß. Aber der Blick des Mädchens verweilte vor allem auf einer Ansammlung von flachen Dächern, aus denen rote Kamine aufragten. Es dachte: Da unten arbeitet er in der Fabrik, und wenn er nach Hause kommt, hat er nicht einmal eine Frau, die ihm das Essen bereit hält. Er lebt im Dunkeln und im Staub, während hier oben alles sauber ist und glänzt. Sie liebte ihn, diesen Gabriel, der das Dorf verlassen hatte, weil er da sein Brot nicht mehr verdienen konnte. Man ist einfach zu arm bei uns.

Der Frost griff nach ihr mit seinen durchsichtigen Händen, und sie dachte noch: ... Aber ich warte auf ihn, und ich will mich unversehrt für ihn bewahren wie das blühende Erikareis, das ich einmal in einer Eisscholle eingefroren fand ...

Sie kam zum Maiensäß, stieß die mit Lumpen abgedichtete Türe auf, und schon schlug ihr der vertraute Stallgeruch entgegen, die gute Wärme der Tiere. Sie gab ihnen Heu und Wasser und machte sich daran, die beiden Kühe zu melken und die Ziege. Nach getaner Arbeit kehrte sie mit der Milchtanse ins Dorf zurück, kurz bevor die Nacht kam, die dort oben langsamer einbricht als in der Ebene. Die Spitze des Grand-Corbeau leuchtete auf wie ein ewiges Licht, der Talgrund füllte sich mit Schatten, und als sie zu Hause eintraf, war der Himmel goldgrün geworden wie eine Alpwiese, und die Sterne begannen darin zu weiden.

\*

Eines Abends begegnete ihr Aloys auf der Gasse. Er sprach sie nicht an, aber sein Blick erfaßte sie von unten bis oben wie eine Flamme. Eine böse Flamme, sie wußte es, denn sie weckte in ihr Widerwillen und sogar Scham. Aber sie mußte sich um so vieles kümmern, und in den seltenen Augenblicken, die ihr zum Träumen blieben, träumte sie von Gabriel, und so konnte sie die Augen dieses Mannes vergessen.

Am folgenden Tag war sie wie sonst im Maiensäß beschäftigt. Als sie mit Melken fertig war, trat sie auf die Schwelle hinaus, angezogen von der großen Helligkeit draußen. Sie sah sich von einer gewaltigen Reitschule von Bergen mit weißen Mähnen umgeben, in Kupfer und Silber geschirrt, und es sah aus, als gäbe es nichts mehr dahinter, als hörte dort die Welt auf, wo ihre Nacken den Himmel berührten.

Die Ebene zu ihren Füßen schien ihr an diesem Tag ganz weit weg und der Fluß darin wie eine lange Klinge. Aber dann trat sie so plötzlich zurück und zog die Türe so heftig zu, daß sie mit dem Fuß an den Holzeimer stieß und die Milch auf den Boden spritzte. Sie streckte den Arm hilfesuchend nach der schwarzen Kuh aus. Dann dachte sie: Ich bilde mir das nur ein. Aber sie hätte sich an dieser Türe doch ein Schloß gewünscht. Ein schweres Schloß mit einem dicken Schlüssel, den man im Loch umdrehen konnte, einmal, zweimal, denn sie hatte Angst.

Und Aloys trat ein.

Sie arbeitete scheinbar ruhig weiter, aber sie wußte nicht mehr genau, was sie tat, und ihre Hände wurden ungeschickt.

Er redete auf sie ein:

– Langweilst du dich denn nicht, so allein hier, Kleine?

Sie antwortete:

– Nein, bei so viel Arbeit langweilt man sich nicht.

– Und träumst du etwa auch vom Engel Gabriel, he?

– …

– Letzten Sonntag war ich in der Stadt, ich habe ihn gesehen. Oh, die haben es fidel dort unten; am Abend wird getanzt. Da geht's lustiger zu als bei uns.

– Warum bleibt Ihr denn hier? entgegnete Mathilde.

Sie wollte ihm jetzt nicht mehr zuhören … Sie erriet, daß er ihr Dinge sagen würde, die weh taten.

Er fuhr fort:

– Es hat hübsche Mädchen dort unten, weniger scheu als du. Gabriel hat mir von ihnen erzählt … und dann ist da eine Kellnerin.

Ja, sie wußte schon, daß es andere Mädchen gab, gefälligere als sie, und Kellnerinnen mit gekräuselten Haaren, mit glatten Brüsten, so rund und weiß wie die Kiesel in der Rhone, und mit Stimmen, wie sie die Männer gerne hören. Aber sie wollte nicht daran denken. Warum sich mit Einbildungen quälen? Man hat schon genug Sorgen in Wirklichkeit. Und wenn es Kummer gab, ertrug man ihn stillschweigend, aber man lief ihm nicht nach.

Aloys redete weiter, aber jetzt tönte es anders; seine Worte wurden sanft, um den Schmerz einzulullen.

– Aber du, sagte er zu ihr, du solltest einen Schatz haben, so hübsch wie du bist.

Sie zuckte die Schultern. Ihre Aufregung hatte sich etwas gelegt. Sie beruhigte sich: Er hatte Lust bekommen, ein wenig zu schwatzen und würde dann wieder gehen.

– Was tut Ihr da in der Gegend? fragte sie.

– Ich arbeite im Holz dort hinten.

– Davon habe ich noch nichts gemerkt.

– Zuerst will ich ein bißchen bei dir arbeiten …

– Ha!

Er hatte sie gepackt, an sich gepreßt. Sie konnte sich nicht rühren, sie erstickte. Die Überraschung nimmt die Kräfte, aber der Zorn bringt sie zurück. Sie wehrte sich, schlug aus, biß. Er hielt sie eingeschlossen im stählernen Ring seines Armes und klemmte sie fest mit dumpfer Hartnäckigkeit. Sie schrie. Er begann zu lachen. Wer konnte sie schon hören? Der Engel Gabriel vielleicht? Der war zu weit weg und hatte keine Flügel.

Und die Tiere standen daneben, taten keinen Wank und kauten ruhig ihr Heu!

Bald hatte sie keine Kraft mehr ...

∗

Als sie ins Dorf zurückkam, war es Nacht. Sie war so schnell gelaufen, daß ihr der Schweiß herunterrann. Sie trat in die Küche. Es war niemand da. Sie war am Verdursten. Sie tauchte Gesicht und Hände ins eiskalte Wasser einer Tanse und begann, in großen Schlucken zu trinken. Am liebsten hätte sie Körper und Seele abgewaschen, so besudelt kam sie sich vor. Das Bild von Aloys klebte an ihr, war ein Teil ihrer selbst geworden; nie mehr konnte sie es von sich abreißen. Er hatte sich ihr aufgezwungen, würde immer mit ihr sein bis zum Tod. Nie mehr durfte sie sich selber gehören, nie mehr durfte sie allein sein, wie sie vorher so gern gewesen war, nie mehr ganz für sich, mit Luft um den eigenen Körper, mit Luft ... Sie wünschte sich den Tod, aber sie weinte nicht. Und als die Eltern heimkamen, merkten sie nichts.

In den folgenden Tagen mußte ihr Bruder nach dem Vieh schauen. Mathilde war krank geworden, so krank, daß sie in ein dunkles Land versank und nicht einmal die nassen Tücher spürte, in die ihre Mutter sie einwickelte, um das Fieber zu senken. Sie hatte eine Lungenentzündung.

∗

Eines Morgens schlug sie die Augen auf. Sie erkannte die Kammer, sie sah in den Fenstern das Licht der Berge. Jemand neben ihr sagte:

– Es wird Frühling.

Sie besann sich, daß Gabriel im Frühling heimkommen

wollte. Oh, nur für einen Sonntag, aber er würde kommen. Sie sah das Erikareis vor sich, eingefroren in der Eisscholle ... Da schloß sie die Augen wieder und verlangte nur noch, in das dunkle Land zurückzukehren. Man hatte kein Recht, sie wieder ins Leben zu rufen, sie wollte es nicht.

Draußen sprengte der Berg seinen Panzer und atmete auf. An den Hängen breiteten sich große goldbraune Flekke von Tag zu Tag weiter aus. Das Dorf erklang von Wassergeräuschen wie unter einem Platzregen, und doch war der Himmel blau.

Wie hätte Mathilde atmen können mit diesem erdrückenden Gewicht der Schande und des Schmerzes auf der Brust? Das konnte keine Sonne wegschmelzen. Da wuchsen keine Blumen mehr. Ist es möglich, mit einem solchen Geheimnis zu leben? Es war besser, beides tief in der Erde zu begraben, sie und ihr Geheimnis. Es war besser, den Frühling nie mehr zu sehen.

So ging es wochenlang; aber eines Abends spürten die Angehörigen, daß das Ende nahte. Sie standen am Bett: der Vater, die Mutter, der Pfarrer, die Schwestern, der Bruder, die Tante. Sie warteten. Und als ER kam, wichen alle einen Schritt zurück außer dem Priester, denn in diesem Augenblick kann nur er noch Hilfe leisten.

Die Türe ging auf, ein Mann erschien. Es war Aloys. Er nahm den Hut ab und sagte:

– Ich bitte dich um Verzeihung, Mathilde.

Aber sie konnte es nicht mehr hören, sie war schon tot.

## Die große Qual

Ein Mann ging im Wind.

Der Himmel über ihm blieb unbewegt, wie gemalt, und von diesem grauen Grund hoben sich andere Wolken ab, runde, aschfarbene Wolken, auch sie reglos. Es war ein Oktobertag, durch das flammende Rhonetal fuhr der Föhn. Aber der ausschreitende Mann hörte und sah nichts, weil ihn eine große Qual umtrieb.

Er stieg vom Städtchen Sierre herauf. Er hatte Wiesen und Weinberge durchquert und betrat jetzt einen Föhrenwald, der am felsigen Berg hing, den Wald von Planige.

Der Mann dachte an seine Frau.

Er hatte gemeint, er liebe sie nicht mehr. Aber heute mußte er an sie denken wie früher. Das war ihm zuwider. Er versuchte, sie sich aus dem Sinn zu schlagen, aber es gelang ihm nicht; offenbar hing er zu sehr an ihr. Nur noch einmal, sagte er sich, und nachher ist Schluß. Er wußte, daß es nachher Schluß sein würde für immer. So konnte er ja noch ein letztes Mal an sie denken.

Delphine hieß sie, und dieser Name paßte zu ihr. Seit sieben Jahren war sie seine Frau; sie hatte ihm drei Söhne geschenkt, sie war seine andere Hälfte, sein eigen, und doch hatte er nie den Eindruck gehabt, daß sie ihm gehöre. Er kannte andere Frauen, und die wurden sogleich sein Besitz. So rasch, daß sie es ihm verleideten. Aber die ande-

130

re, seine eigene Frau, konnte er noch so fest in seinen Händen halten mit dem heimlichen Gelüst, ihren zarten Körper zu zerbrechen und ihre dünnen Knochen knacken zu hören wie die einer jungen Katze, er spürte doch, daß sie ihm immer entrinnen würde. Sie ging weit, weit fort, er hatte sie nie einholen, nie einfangen können, er hatte nie wissen können, wohin sie ging. Ihre Seele war nicht faßbar, und doch war Delphines Seele etwas Wichtigeres, Begehrenswerteres als ihr Körper. Das war sie selbst. Er suchte diese Seele in ihren Augen. In solchen Momenten wurden sie übergroß, während das Gesicht ringsum sich verschmälerte. Die Iris war einheitlich grau und sehr deutlich gezeichnet. Es waren Augen der Unschuld und der Sanftmut, außer wenn ein gelber Blitz darüberfuhr, ja, das erinnerte an einen Blitz im Föhnhimmel. Er, Tobie, hatte ihn sogleich als Anzeichen einer List erfaßt. Er verabscheute die List, aber er liebte Delphine.

Bei ihr hatte er nie Frieden gefunden, wie man ihn bei andern Frauen finden kann. Nie hatte sie sich in ihm aufgelöst wie die andern Frauen, die so bald mit Leib und Seele in ihm aufgingen. Sie war nur Unruhe. Er hatte zuerst gehofft, daß er und die Kinder diese Unruhe besänftigen könnten; aber allmählich hatte er begriffen, daß es dagegen kein Mittel gab, und da war die Unruhe auch auf ihn übergegangen. Was bedeutete ihm der Friede? Andere Frauen boten ihm diesen Frieden an mit der brutalen Gegenwart ihres Körpers, mit Augen, in denen sich die Seele versteinerte. Und man wußte zum voraus, daß sie sich nicht entziehen würden.

Während der Verlobungszeit hatte er Delphine etwa gefragt:

– Woran denkst du?

– An dich … hatte sie geantwortet mit diesem Lächeln, oh, diesem Lächeln, das so viel Liebes versprach.

Jetzt wagte er ihr diese Frage nicht mehr zu stellen aus

131

Furcht vor einer andern Antwort. Es war besser zu schweigen. Wenn das die andern Männer gewußt hätten, wie hätten die sich über ihn lustig gemacht! Die quälten sich nicht mit Liebesgedanken. Nach ihrer Ansicht hatte die Liebe ganz bestimmte Freuden zu gewähren, auf die man von früher Jugend an zählte. So einfach war das. Aber sich deswegen Sorgen zu machen! Die Liebe ins ganze Leben miteinzubeziehen! Tobie mußte wirklich etwas verrückt sein. Nein, er glich ihnen nicht, und er schämte sich dieses Unterschieds wie einer angeborenen Schwäche. Die Feldarbeit hatte ihm nie die geringste Erleichterung verschafft. Die Arbeit mit den Händen bildet kein Gegengewicht zum Denken. So ein Gedanke kreist im Kopf, verschwindet und kommt wieder, immer derselbe, oder dann setzt er sich fest, wird stumpf, aber da ist er doch. Er verdichtet sich mehr und mehr, er wird Fleisch. Wenn er diese Dinge den andern erklärt hätte, so wäre er ausgelacht worden. Er mußte sie für sich behalten. Sie wissen … und sie nie aussprechen. Er war ihnen allein ausgeliefert und mußte sich allein dagegen wehren.

»Ich kann nicht mehr«, murmelte er und ließ sich am Wegrand fallen.

Erst jetzt merkte er, was um ihn her geschah. Er sah das Land schaudern im Wind, und er fühlte sich erleichtert, weil die Natur sich entfesselte. Sie übernahm seine Qual, die zum Föhnsturm wurde, zu gepeitschten Bäumen, wirbelnden Blättern, Getöse. In ihm selbst entstand eine große Leere, die ans Vergessen grenzte. Er dachte nicht mehr, er litt nicht mehr.

Das Gras neben ihm erschauerte, dieses niedrige, trockene, bläuliche Steppengras. Unversehens tauchte eine grüne Eidechse auf mit erhobenem Kopf, zum Angriff bereit. Tobie stieß mit dem Fuß nach ihr, um sie zu zerdrükken, aber die Eidechse war entschlüpft. Und der Mann stand wieder auf dem Weg, benommen, gedemütigt. Der

Wind erfaßte ihn und ließ ihn wieder in seine grimmige und unsichere Gangart verfallen, mit vorgeneigtem Oberkörper.

Er lauschte. Der Wald nahm seine Klage auf, der Wald konnte in einem herrlichen, mächtigen Gesang den ganzen Schmerz ausdrücken, den er empfand. Und so gesungen, wurde sein Schmerz verschönt. Zum erstenmal im Leben schämte er sich seiner nicht. Er fühlte sich stark. Aber in seinem Kopf erwachten sie wieder, die eingeschlafenen Gedanken.

Etwas Neues war dazugekommen. Vor einigen Wochen hatte Dionys, der Don Juan der Gegend, angefangen, in Tobies Haus ein und aus zu gehen. Mit dem Kauf eines Rebbergs hatte es begonnen ... Wie sie selber, wohnte der Mann einen Teil des Jahres im Dorf Salquène, in der Ebene, und den Rest verbrachte er in Champadou, auf einem Maiensäß, nicht weit von ihrem eigenen. Tobie hatte diesen Menschen nie gemocht, er hatte ihm von Anfang an mißtraut. Dionys hatte zu sanfte Manieren und etwas Hinterhältiges in seinem Reden; das ist kein gutes Zeichen. Er hatte ein großes Gesicht (bei manchen, man weiß nicht warum, erscheint es übernatürlich groß, besonders wenn der Ausdruck unverändert bleibt), seine Augen waren etwas schräg geschlitzt und schienen zu lächeln, er hatte einen langen, schwarzen Schnauz und für einen Bauern ein viel zu weißes, glattes Gesicht. »Das ist die Liebe, die mir diese schöne Haut gibt«, pflegte er zu sagen. Er trank nie. »Ich vertrage den Wein schlecht«, gestand er unbefangen, »er bekommt mir nicht.« Da er nicht trank, hatte er weniger Umgang mit Männern als mit Frauen. Er suchte sie auf, wenn sie allein zu Hause waren, während der Mann im Café saß oder in den Weinkellern. Sie schätzten seinen Besuch in solchen Momenten, da sie sich langweilten; sie fanden es nett von ihm, daß er da war. Und wie schön er ihnen vorkam! Er sagte ihnen nur

Angenehmes, und das war Balsam auf die Wunden, welche durch die Lieblosigkeiten der Ehemänner entstanden waren. Es gab allerdings auch Frauen, denen seine Gegenwart unheimlich wurde und die ihn baten wegzugehen. Aber er ließ sich so mühelos fortschicken, zog sich so natürlich zurück, daß die Furcht verflog, und bald sah man ihn zurückkehren. Die Leute wunderten sich, daß verschiedene Männer, die man als eifersüchtig kannte, Dionys nicht energischer abwehrten. Manchmal behandelten sie ihn sogar als Freund. Auch die Eltern der jungen Mädchen hatten nichts gegen ihn einzuwenden. Er war reich, er durfte sich sehen lassen: eine gute Partie. Natürlich konnte man nicht vergessen, was ihm an Liebesaffären und leichtem Lebenswandel nachgesagt wurde. Aber er hatte eine Art, korrekt und höflich zu sein, die jeden Verdacht einschläferte.

Eines Tages war er auch im Hause des Tobie aufgetaucht … Seither war die Luft anders. Vor Dionys verzog sich Delphine nicht mehr, sie war anwesend, sie *blieb,* wie Tobie vor ihr blieb: mit unbewegter Seele, unbewegtem Körper, abwartend. Zum erstenmal sah er sie warten. Wie er, mit angehaltenem Atem, zeitlos, selbstvergessen …

Sie schäkerte nicht mit diesem Mann. Sie sprach nicht, sie lächelte nicht, sie legte den Kopf nicht seitwärts, wie er es an ihr in Gegenwart anderer gesehen hatte. Nein, sie blieb unbeweglich und sah ihn an. Und er, Tobie, er allein wußte, was das zu bedeuten hatte … Er wußte all diese Dinge, er wußte sie so gut, weil er sieben Jahre lang darüber nachgedacht hatte, weil er nichts anderes getan hatte als das.

Nie hatte er die beiden bei einer Verfehlung ertappt. Und doch, wie oft hatte er sie miteinander allein gelassen! Aber wenn er sie sah, wie ihre Blicke sich ineinander verloren, wie zwei Blicke zu einem wurden, dann packte ihn die

Angst an der Gurgel. Nein, so konnte er nicht mehr wei-
terleben!

＊

Er näherte sich seinem Ziel. Der Wind hatte sich gelegt.
Er erblickte sein kleines Haus, sein Maiensäß mitten in der
hellgrünen, von Herbstzeitlosen übersäten Matte, deren
Gras so goldig grün scheint, weil es gemäht wird und wieder nachwächst. Er sah es wie zum erstenmal, und er wunderte sich: Es war ein Bild des Friedens, ein Bild des
Glücks. Woher sollte er noch die Kraft nehmen? Er fühlte
sich bereit, seinen Plan aufzugeben. O wie gerne hätte er
darauf verzichtet! Daß alles wieder wäre wie vorher, sogar
mitsamt der Unruhe.

Aber nicht dieses Neue … Das erniedrigte ihn, machte
aus ihm einen Waschlappen, einen Trottel. Nein, diesem
Neuen mußte er den Hals umdrehen.

Wie lange stand er so und schaute hinüber? Inzwischen
war das Licht verschwunden, alles wurde düster. Es war
nicht mehr eine Wohnstatt des Friedens, sondern der kläg-
liche Ort der Handlung. Da sang kein Wald mehr, um sein
Leiden zu verherrlichen. Alles wurde häßlich, zweckge-
bunden, klein. Häßlich wie das Unglück. Das Schlimmste
herbeiwünschen … So weit war es mit ihm gekommen.
Beinahe wünschen, sie als Liebespaar zu finden, Dionys
und Delphine …

Er ging um den Gemüsegarten herum, wobei er sich mit
einer Hand auf den Bretterhag stützte, dessen Spitzen ihm
in die Handfläche drangen: Absichtlich drückte er fester,
damit er diese Verletzung stärker spürte, die ihn für einen
Augenblick von der andern ablenkte. Jetzt stand er vor
dem Haus. Um festzustellen, was in der Stube vor sich
ging, brauchte er nur auf die Bank zu klettern und durch
die Fenster zu spähen. Tobie stieg hinauf.

Eine kleine Petroleumlampe brannte auf dem Tisch; Delphine und Dionys saßen sich in einigem Abstand gegenüber. Sie sprachen langsam, wobei sie den Mund nach jedem Wort wieder verschlossen, und Tobie konnte nicht wissen, wovon die Rede war. Aber was sie sagten, war so belanglos. Er wußte genau, daß die Wörter und ihre Bedeutung nichts zu tun hatten mit dem seltsamen Glücksgefühl, das von den beiden ausstrahlte. Delphine hielt ihr jüngstes Kind im Arm, und Tobie sah, daß seine Frau eine Lampe war, deren gedämpfter Schein geheimnisvoller und wärmer leuchtete als der Strahl der Petrollampe neben ihr.

Auch Dionys mußte das spüren. Auch Dionys empfand das Bedürfnis, sich dieser Lampe zu nähern, sie unverwandt zu betrachten, sie zu umkreisen wie einer von diesen großen Stallfaltern mit der Totenkopfzeichnung und den schweren Flügeln. Er schob beim Sprechen sein großflächiges Gesicht vor, wölbte den Rücken ein wenig, und seine Hände machten in der Luft ruhige Gebärden, ehe sie sich auf den Tisch oder auf die Knie legten.

∗

Tobie schlich sich ins Haus, drehte geräuschlos den Hausschlüssel im Schloß und verriegelte am Ende des Ganges noch eine kleine Türe, die zum Garten hinausging. Dann betrat er die Küche und nahm dort das Fleischmesser. Seine große, breite Klinge lief in eine scharfe Spitze aus. Er kümmerte sich nicht darum, ob sie geschliffen sei, er wußte, daß es nicht darauf ankam. Er umwickelte die Klinge mit seinem Taschentuch und ließ das Messer in den linken Rockärmel gleiten; den Griff verbarg er in der hohlen Hand.

Er hatte seine Kaltblütigkeit wieder erlangt, jene ruchlose Scharfsicht des Verzweifelten, die es ihm erlaubt, wie im Traum Dinge zu berechnen, vorauszusehen und als natürlich anzunehmen, welche nicht natürlich sind.

Er öffnete die Stubentür. Weder Delphine noch Dionys fuhr zusammen. »Guten Abend«, murmelten sie, ohne auch nur den Kopf zu drehen. Eine derartige Gleichgültigkeit hätte Tobie beinahe aus der Fassung gebracht. Er blieb mitten in der Stube stehen und wußte nicht, was er sagen oder tun sollte.

– Man könnte meinen, ich sei hier im Weg, bemerkte er schließlich.

Sogleich bereute er diesen Satz. Seine Frau sah erstaunt zu ihm auf. Das Kind an ihrer Brust schlief.

– Ist alles gut gegangen in Sierre? fragte sie.

– Das geht nur mich an.

Abermals begriff er, daß das falsch war. Am meisten verwirrte es ihn, daß seine Rückkehr die beiden nicht überraschte. Beim Weggehen am Morgen hatte er gesagt: »Ich komme erst spät in der Nacht heim.« Offenbar war er so bedeutungslos, daß seine Gegenwart nicht mehr zählte als seine Abwesenheit.

Er musterte sie, eins nach dem andern, mit verstörtem Blick. Nie würde er sicher sein! … Nie hatte jemand Schlechtes über sie ausgesagt. Oh, er hätte die Gewißheit dem vorgezogen, diesem Zweifel, der ihn aufrieb. Aber er konnte nicht so stehenbleiben ohne ein Wort. Irgend etwas mußte er finden.

– Ich habe Hunger. Du machst mir jetzt zu essen!

Delphine antwortete:

– Es ist noch nicht Zeit.

– Nein, es ist noch nicht Zeit, wiederholte er und spürte mit Grauen, wie die Worte in seinem Mund bedeutungsschwer wurden.

Dionys erriet, daß etwas vor sich ging … Er duckte sich über den Tisch, zog seine leicht hängende Unterlippe herauf, nahm die großen Hände unters Kinn und wartete.

– Bist du nur zum Herumhocken da? brüllte Tobie in plötzlich ausbrechendem Zorn, auf den die beiden andern nicht gefaßt waren.

Und diese Frage schien sich ebenso an Dionys zu richten wie an seine Frau. Tobie fand sich selbst nicht mehr zurecht.

Der aufgeschreckte Säugling begann zu weinen. Erst jetzt wurde Tobie bewußt, daß die Kinder dabei waren. Das älteste, von Geburt etwas verkrüppelt, lag in seinem Bett. Das mittlere, ein Bub von fünf Jahren, saß an den Ofen gelehnt. Daß Tobie ihre Gegenwart zur Kenntnis nahm, machte die Luft leichter und schützte Delphine und Dionys wenigstens für den Augenblick.

»Das wird ja nie ein Ende nehmen«, entsetzte sich Tobie. Nein, nie würde er es zustande bringen.

Er ging direkt auf seine Frau los.

– Bring ihn zum Schweigen!

Ach, jetzt war die lebendige Lampe erloschen. Er wollte ihr den Kleinen aus den Armen reißen, aber mit einem Satz entzog sie ihn seinem Zugriff und stand nun bebend am andern Ende des Raumes: eine Katze mit ihrem Jungen. Dionys biß sich auf die Lippe, strich eine Strähne seines Schnurrbartes darüber und fragte bedächtig.

– Sag einmal, was hast du gegen sie?

Und da der Ehemann keine Antwort gab.

– Was hat sie dir zuleide getan? An deiner Stelle wäre ich etwas netter zu ihr.

Es war nicht das erstemal, daß er sie in Schutz nahm. Er wußte sich auszudrücken. Tobie sah ihn an mit einem merkwürdig aufgehellten Blick. O wie er ihn ansah!

– Eine Frau wie sie, sauber, freundlich … Und du gehst so brutal mit ihr um.

Dionys sprach in gesetzten Worten, ohne Leidenschaft, wie einer spricht, der sich nichts vorzuwerfen hat. Tobie ging auf ihn zu, einen Schritt, zwei Schritte, drei, den geschlossenen Mund zu einem Lächeln verzogen. Ein glückliches, aufblitzendes, lachendes Gesicht. Ein Gesicht, das er nie gehabt hatte, ein Gesicht, das nicht ihm gehörte und das er nie wiederfinden würde. Noch einen Schritt, noch einen.

Auch Dionys sah ihn an. Bis jetzt hatte er seinen Blick nicht auf Tobie geheftet. Er hatte ihn ringsum schweifen lassen über Entferntes und Nahes, über seine Nägel, seine Knie, seine Füße. Jetzt war ihm Tobie ganz nahe, fast gegenüber. Dionys blieb sitzen, richtete den Oberkörper auf, hob den Kopf, und seine Kehle rückte ins volle Licht. Eine feiste, ochsenhafte, sehr weiße Kehle, und Tobie sah nur noch sie. Da kam seine Hand mit dem, was sie umschloß, aus dem Rockärmel heraus, wo sie sich versteckt gehalten. Er hatte sich für die Linke entschieden, weil die es besser konnte … Sie würde vor dem Ungewohnten nicht zurückschrecken; die andere, die Rechte, zu sehr an Alltagsgeschäfte gewöhnt, hätte es nicht fertiggebracht.

Die Kehle lag bloß. Sie kam Tobie vor wie eine gewölbte, glatte Froschkehle, und mit einem Ruck schnitt er sie durch.

Als er sich nach seiner Frau umsah, denn nach Dionys kam sie an die Reihe, war Delphine verschwunden. Da fühlte er sich schwach wie ein kleines Kind, lief in die Scheune und versteckte sich im Heu.

*

Dionys wehrte sich gegen den Tod. Er wehrte sich mit all seiner Kraft, die er so viele Jahre in sich aufgestaut und eifersüchtig gehütet hatte. Niemand hätte ihm bei seiner scheinbar weichlichen Lebensweise eine so heftige Gegenwehr zugetraut.

Die beiden Kinder sahen ihm zu, ohne sich zu rühren,

ohne zu begreifen, so überrascht, daß sie nicht einmal daran dachten zu schreien.

Er war sitzen geblieben, mit dem Rücken am Tisch, die Hände ausgestreckt, ins Leere verkrallt, und vor Wut stampfte er mit dem Fuß. Er stampfte und stampfte. Dumpf dröhnte der Bretterboden unter den Schlägen, und das ganze Haus zitterte mit. Tobie konnte sich noch so tief im Heu vergraben und sich die Ohren verstopfen, dieses Stampfen drang durch ihn hindurch.

Dionys stampfte mit dem Fuß, bis die Nacht ringsum so schwarz und undurchdringlich war, daß das Haus selber zur Nacht wurde … Da hatte Tobie den Eindruck, es gebe nichts Wirkliches mehr, die Welt sei in die Ewigkeit eingegangen.

Aber die Frau war mit dem Jüngsten im Arm durch das vergessene Laubenpförtchen entflohen und nach Salquène hinuntergeeilt. Sie hatte einen Pfad genommen, der eher einem ausgetrockneten Bachbett glich als einem Weg, sie war gerannt und gerannt, manchmal ausgeglitten, aber ohne je hinzufallen; so beweglich wird man, wenn das Leben auf dem Spiel steht. Einmal war sie auf etwas Glitschiges, Lebendiges getreten, auf eine Kröte oder vielleicht auf eine Viper. Und schleunigst war sie vor dieser neuen Gefahr geflohen wie vor der andern, in schnellen Sprüngen.

Sie war ins Dorf hinuntergekommen, wo noch niemand schlief. Die aufgebotenen Landjäger waren mit ihr wieder hinaufgestiegen mitsamt den Herren vom Gericht und mit einem Hund.

Sie fanden Dionys mitten in der Stube tot auf seinem Stuhl, mit steifen Hüften und zusammengesunkenem Oberkörper. Und am Boden sahen sie die Vertiefung, die er beim Stampfen gemacht hatte, ein richtiges Loch. In diesem Loch hatte sich das Blut gesammelt, und das Holz war davon so durchtränkt, daß man den Flecken nie mehr wegfegen konnte.

Die beiden Kinder schliefen; das jüngere war in den Kleidern rückwärts über das Bett des älteren gesunken. Bei diesem Anblick fühlte sich der Gerichtspräsident bemüßigt zu sagen:

– Das ist zum Erbarmen … Einem solchen Schauspiel beiwohnen zu müssen im Alter der Unschuld und des Glücks!

In seiner männlichen Naivität konnte er nicht wissen, daß die Kinder weder glücklich noch unschuldig sind; sie sind etwas anderes, aber weil die Erwachsenen das vergessen haben, finden sie kein Wort dafür.

Die Landjäger hatten keine Mühe, Tobie in der Scheune aufzustöbern; denn der Hund hatte sie geradewegs dorthin geführt.

Das Begräbnis von Dionys war eines der schönsten, die man je gesehen hatte. Aus Städten und andern Dörfern gingen Leute im Trauerzug mit. Es gab Musik, Fahnen. Sein Sarg war behangen mit Kränzen aus Chrysanthemen und vergoldeten Föhrenzapfen; mehrere Kränze unbekannter Herkunft trugen die Aufschrift: MEINEM VER-LOBTEN.

*

Tobie wurde nicht zum Tode verurteilt. Als das Urteil gefällt war, überführte man ihn in die Strafanstalt von Sion, wo er zwanzig Jahre blieb.

In den ersten Monaten kam er nicht aus dem Weinen heraus. »Stellt euch vor«, erzählte er später, »was das heißt, mit fünfunddreißig eingesperrt zu werden!« Er arbeitete in der Schuhmacherei. Eines Tages sagte der Wärter zum Vorgesetzten.

– Ich will diesen Heulfritz nicht mehr. Er stört alle andern mit seiner Flennerei. Man muß ihn draußen beschäftigen.

Man schickte ihn auf die Spargelfelder. An der frischen Luft besserte sich sein Zustand, aber er litt unter der eintönigen Ernährung. »Wir hatten genug zu essen, aber es war magere Kost: alle Tage morgens und abends die gleiche Polentasuppe!«

Von seiner Qual und seinen Tränen blieb nur eine gewisse Asymmetrie in den Gesichtszügen zurück, das Kennzeichen derer, die einmal in ihrem Dasein die Pforten der Hölle geöffnet haben. Aber es war eine solch heitere Gelassenheit in seinen braunen Augen und eine solche Richtigkeit in seinen Worten ... Die andern sahen ihn überrascht an: »Ist das ein Mörder?«

Die Unruhe war tot. Er hatte sie mit Dionys getötet. Er dachte nicht mehr an seine Frau und auch nicht an die Kinder. Er war jetzt allein, er genoß den Rausch des Alleinseins. Tag für Tag kaute er an etwas herum, was vielleicht das Glück war. Und er merkte, daß das Glück ein wenig nach Langeweile schmeckte.

## Clotaire

Sie waren schwer betrunken.

Beide, aber der eine weniger als der andere; so konnte Benjamin Clotaire stützen und ihm helfen in den schwierigen Momenten. Manchmal weigerte sich Clotaire weiterzugehen, blieb stehen mitten auf dem Weg und setzte seinem Gefährten einen würdigen Widerstand entgegen, ein perfektes Gleichgewicht. Er sah ihn nicht mehr. Er sah die Erde nicht mehr. Welcher himmlische Schausteller hielt diesen Hampelmann an seinen Fäden aufrecht? Mit gestrecktem Körper und zurückgelegtem Kopf hatte er das Firmament für sich allein, und die Sterne traten so deutlich hervor, daß sie ihn bedrängten.

– Benjamin!

Er rief mit lauter Stimme nach ihm in der Meinung, Benjamin habe sich entfernt, weil er ihn nicht mehr festhielt.

– Sieh den Himmel an ... er ist voll wie eine Stande! Wenn man ihn trinken könnte, diesen Wein ... diesen schwarzen Wein! Der ist frisch ... der andere brennt mir in der Kehle. Was meinst du? Wenn man ihn trinken könnte?

Da antwortete es ganz nah an seinem Ohr:

– An Sternen fehlt's ihm nicht. Er macht sie besser als der Spritzige von Bernard ... Der konnte sich lange brü-

143

sten, wenn er mit seinen Flaschen kam: Das war kein echter Wein, kein guter, und er machte auch keinen Stern!

Benjamin hatte seinen Spaß daran, die Weine des Schankwirts, bei dem sie den Abend verbracht hatten, schlecht zu machen.

– Der aus dem Faß ging ja noch, außer daß er etwas zu stark geschwefelt war ... Aber sein Spritziger! Ich sage dir, ich sage dir, der machte keinen Stern!

Clotaire hörte ihm nicht mehr zu. Er hatte seinen Säufergang wieder aufgenommen mit seinen Stockungen, seinem abrupten Halten, seinen Stürzen. Wenn er betrunken war wie an diesem Abend, besaß er seinen Körper nicht mehr, jedenfalls nicht mehr in seinen normalen Maßen und Richtungen. Gewöhnlich war ihm bewußt, wo seine Beine, seine Arme endeten, wie breit sein Brustkasten war, wie hoch sein Kopf reichte. Er hatte davon genaue, natürliche Kenntnis. Aber in dieser Nacht gab es für ihn keine Maße mehr. Wider jegliches Gesetz der Anatomie wucherte er nach allen Seiten, er hatte mehr Arme und Beine, als einem Menschen erlaubt ist; sein Kopf wuchs in die Höhe, verlor sich im Raum, während seine Füße ihm weit weg und winzig vorkamen. Einen Augenblick später änderte sich alles: Sein Körper war teilweise aufgehoben, die Glieder lösten sich auf; es blieb nur noch ein Stummel von ihm zurück.

– Benjamin!

Er spürte, wie sich eine Schulter gegen die seine stemmte.

– Benjamin! Du bist ein offener, ein ehrlicher Mensch, sage mir ...

Er konnte den Satz nicht fertigmachen und sackte zusammen.

– Das ist mindestens das zehnte Mal, Heilige Mutter Gottes, mindestens das zehnte, lamentierte Benjamin.

Und wieder beugte er sich nieder, um ihm aufzuhelfen.

144

Aber Clotaire spielte den Selbständigen, der sich sehr wohl wieder aufzurichten vermag. Er schob seinen Freund mit kleinen, verschämten Bewegungen beiseite. Doch er wußte natürlich, daß er aus eigenen Kräften nicht mehr hochgekommen wäre.

Wieder auf den Beinen, verhielt er sich ein Weilchen still. Er hätte es nicht ertragen, wenn Benjamin ihn zurechtgewiesen hätte, wenn er ihm etwa gesagt hätte: Ich habe es satt, dich auf die Beine zu stellen! So gingen sie wortlos nebeneinander her.

Ihr Weg führte einen Abhang entlang zwischen Mauern und Gebüsch. Ein eisiger, durchdringender Geruch stieg von den Reben auf, der Novembergeruch, zeitweilig so scharf, daß die Männer es merkten trotz ihrer Weindünste. Die Dinge, mit denen sie in Berührung kamen, zeigten sich härter, klingender als sonst; sie gehörten nicht mehr zu ihnen, was die beiden mit Befremden, fast mit Verblüffung feststellten. Wenn sie mit ihren fahrigen Bewegungen einen Weinstock streiften, so brachen die steif gewordenen Blätter ab mit gläsernem Laut; die Steine erwiesen sich als kantig und knirschten unter ihren Schritten … Kamen sie an einem Baumgarten vorbei, so hätten sie sich am liebsten fallen lassen und im Gras geschlafen, das ihren fiebrigen Körpern Kühle versprach; aber die Obstbäume hüllten sich in so eisiges Schweigen, daß ein kindlicher Schauder sie davon abhielt.

Vom Dorf, aus dem sie kamen, bis nach Loc, wo sie hinwollten, hätte ein gewöhnlicher Fußgänger eine Stunde benötigt, nicht mehr. Aber sie, wie viele Stunden waren sie schon unterwegs? Kamen sie überhaupt vorwärts? Sie hatten eher den Eindruck, der Weg dehne sich vor ihren Füßen fortlaufend aus. Sie hatten schon so manchen kleinen Aufstieg und Abstieg hinter sich gebracht, immer dieselben. Hie und da wandte sich der Weg dem Berg zu, drang in ihn ein, wie vom Berg angezogen. Da floß dann

ein Bach oder sonst ein Rinnsal, das sie durchwaten mußten. Der Berg machte sich bemerkbar – vielleicht hatte
man ihn ein wenig vergessen vor lauter Mäuerchen und
Himmel –, sie hörten sein Herz schlagen, und sein feuch-
ter Atem ernüchterte sie. Dann gab er sie wieder frei; sie
zogen weiter, von Rausch und Sternen überwältigt.

– Wir sind bald am Ort, sagte Benjamin, da ist ja schon
der Wald. Ein paar Lärchen, wohl auch vom Berg heruntergekommen, hatten im Tobel Wurzeln geschlagen. Mit
der Übertreibung, die Kindern und einfachen Gemütern
eigen ist, nannte man sie den Wald. Er hatte nicht seinesgleichen und überraschte in dieser Gegend, wo man sonst
nur Föhrenwäldchen und Bestände von Zwergeichen sah.
Wie einen kostbaren Gegenstand konnte man ihn nicht an-
rühren, sondern nur ansehen, denn man war durch die
Brücke von ihm getrennt. Und weil da und dort die Nadeln an den Zweigen glitzerten, wurden die Lärchen zu
Weihnachtsbäumen, mit Engelshaar und silbernen Girlan-
den geschmückt, und die beiden Männer mußten an ihre
Kindheit denken. Diese Erinnerungen sagten ihnen nicht
zu, sie kamen rasch auf ihre Jugendjahre zu sprechen.

– Das war der Liebeswald, seufzte Clotaire.

– Ja, damals waren wir noch jung.

– Benjamin!

– Ja?

– Nein, ich rede lieber nicht mit dir.

– Bist du jetzt böse?

Benjamin brachte Clotaire eine zärtliche Geringschät-
zung entgegen, aber unter dem Einfluß des Weines wurde
es fast eine brüderliche Zärtlichkeit, die er um so lebhafter
empfand, als kein Gefühl der Eifersucht mitspielen konnte.
Nein, Clotaire hatte nichts erreicht im Leben, und man
weiß, daß ein mißratenes Leben sich keine Feinde schafft.
Schon als ganz junger Mensch trank er. Am Sonntag in den
Cafés, die Woche hindurch in den Weinkellern mit seinen

Freunden. Vorerst nur zur Unterhaltung, zum Tanz, zur Geselligkeit, wie er zu sagen pflegte. Dann war ihm der Geschmack daran, das Bedürfnis in Fleisch und Blut übergegangen. Das hatte nichts mehr mit den Kameraden zu tun, nichts mehr mit Musik ... Er ging zum Wein wie ein anderer zu den Weibern, ohne Furcht vor den Vorwürfen, vor den Folgen oder sonst etwas. Seine Brüder beklagten sich: »Wir müssen in den Reben schuften, die Zahlen eintragen, und Clotaire leert die Fässer!« Seine Schwestern setzten ihm die Mahlzeiten nur widerwillig vor. »So ein Faulpelz, so ein Schwein!« schimpften sie im stillen. Sie hätten ihn aus dem Hause gejagt, wenn ihre Mutter nicht eingegriffen hätte: »Ihn fortjagen ... nein, das kann ich nicht. Solange ich am Leben bin, soll er hier Hausrecht haben.« Am Tag ihrer Erkrankung hatte sie gesagt – und an diesen Satz erinnerte sich noch das ganze Dorf – sie hatte gesagt: »Ich will nicht sterben! Ich will Clotaire vor mir sterben sehen.« Diese Worte kamen aus einem so tiefen Erbarmen, daß sie lieblos tönten. Sie wußte, daß ihr Sohn nach ihrem Tod ein Paria würde. Sie starb vor ihm.

Da hatte er mit siebenunddreißig Jahren eine häßliche Frau geheiratet, die er nicht liebte. Sie war es, die sich um das Gütchen kümmerte, die Reben hackte, das Vieh besorgte. Ein richtiges Arbeitstier. Breit in den Schultern, breit im Gesicht. Wenn sie den Mund öffnete und man ihre schiefstehenden Zähne sah, fürchtete man sich vor dem, was sie sagen wollte; es waren nicht böse Worte, aber sie setzte den Leuten eine gewisse Feindseligkeit entgegen. Sie hatte von Jugend auf ein so hartes Leben führen müssen, daß die Männerarbeit schließlich die Frau in ihr erstickt hatte. Dennoch war es nicht schwer, unter dieser rauhen Schale eine anbetende Seele zu erraten. Emilie liebte Clotaire auf ihre Weise, das heißt rückhaltlos: Sie hätte sich für ihn umbringen lassen. Und wenn die Leute es besser verstanden hätten, sie anzuschauen, wenn sie sich dafür mehr Zeit genommen hätten, auch mehr Herz, so hätten sie vielleicht eine Art Schönheit an ihr entdeckt. Etwas von dieser unbewußten Schönheit lag in ihrer breiten, aber erstaunlich behenden Gestalt, in diesem gedrungenen, bis zum Schmerz geballten Körper, auf diesem durchfurchten Gesicht mit den sparsamen Zügen, die das Morgenlicht rötete und verjüngte, und auch in ihren grauen Augen, die sich niemandem verschenkten. Aber sie galt als häßlich, und daran ließ sich nichts ändern.

»Das ist keine Frau«, dachte Clotaire. Oh, er hatte andere gekannt, hübsche, die mit ihm tanzten in den Cafés, solche, die gute Manieren zur Schau trugen und Kleider nach der Mode. Emilie hingegen war eine alte Ziege. Aber das sagte er nicht. Ihr verdankte er es, daß er einigermaßen durchkam ohne allzu viele Sorgen. Daß sie kein Kind hatten, war sein größter Kummer. Sie waren im Dorf die einzigen Kinderlosen. Was selten ist bei Männern: Er war besessen vom Wunsch nach einem Kind. Kinder ... sie auf den Armen tragen, sie in die Reben mitnehmen, mit ihnen zusammen arbeiten ... Er hätte sogar das Trinken aufgegeben, das stand für ihn fest. »Ich langweile mich bei Emilie.«

»Wenn ich nur noch meine Mutter hätte.« Clotaires Mutter. Sie gehörte zu jenem bäuerlichen Adel, der aus dem Umgang der Menschen mit der großen Erde erwachsen ist. Sie war eine Dame, auch wenn sie grobe Kleider trug und sich bei der Arbeit die Hände schmutzig machte; und sie redete so gepflegt, wie man es sonst nirgends hörte. Jeder im Dorf anerkannte das, auch die Außenstehenden. Anstatt sie beim Vornamen zu nennen, wie man es gewöhnlich tut, sagten sie »Madame« zu ihr, und das immer in respektvollem Ton. Sie kamen nicht auf den Gedanken, es ihr übelzunehmen, daß sie etwas zurückhaltend war und sich nie in ihren Dorfklatsch einmischte. »Das ist eine rechtschaffene Frau, sie hat nie schlecht über ihre Mitmenschen gesprochen.«

– Merkwürdig, brummte Clotaire, wenn ich besoffen bin, meine ich immer, sie sei noch am Leben.

– Von wem sprichst du?

– Mir scheint, ich treffe sie zu Hause an, wenn ich heimkomme, und sie wird zu mir sagen …

– Von wem redest du da?

– Von meiner Mutter. Sie brachte es nie fertig, mich zu schelten. Sie konnte es nicht, und wenn ich sah, daß sie es nicht konnte, so setzte mir das zu. Heute würde ich viel darum geben, sie schelten zu hören, denn, weißt du (er legte den Arm um den Hals seines Freundes), weißt du … ich habe ihre Stimme verloren.

– Wie meinst du das? fragte Benjamin, der Mühe hatte, Clotaires Gedankengängen zu folgen.

– Ja … heute abend kann ich mich nicht mehr an den Ton, ihrer Worte erinnern, ich höre ihn nicht mehr … Unglaublich, aber sogar das vergißt man.

– Oh, mach dir keine Sorgen deswegen!

– Das sind keine Sorgen, die ich mir mache!

Beleidigt zog er seinen Arm zurück und geruhte nicht mehr, mit Benjamin zu sprechen. Er sprach mit sich selber.

– Das Leben ist doch ungerecht. Man ist gezwungen, mit denen zu leben, die man nicht mag.

Und etwas später:

– Ich kann keine Frau weinen sehen, ich kann keiner Frau etwas zuleide tun … auch den Tieren nicht, ich kann es nicht! Ich bringe es nicht übers Herz.

Der andere hörte ihm belustigt zu. Er hätte ihm gern entgegnet: Und deine Frau? Der steht es im Gesicht geschrieben, daß du dir keinen Zwang antust ihretwegen! Aber er beherrschte sich und sagte nur:

– Die Tiere? Und wenn du sie tötest auf der Jagd?

– Oh, dann sterben sie auf der Stelle … meinte Clotaire, sie leiden nicht.

Sie standen schon wieder still. Benjamin hatte jetzt die Lichter des Dorfes entdeckt und wollte nicht mehr auf ihn warten, er ging allein weiter. Er hatte es eilig heimzukommen. Der wird sich schon selber helfen, sagte er sich. Clotaire merkte es nicht sogleich, er war in Anspruch genommen von seinen Gedanken und von den Hindernissen, denen er begegnete. An diesem Abend war ihm die Erde nicht hold, wie sie es sonst sein kann. Sie überzog sich mit Unebenheiten und legte ihm unerwartete Karrengleise in den Weg. Und jetzt, dachte er, jetzt habe ich zu Hause eine Frau, eine häßliche Frau, die mir gehört und die ich nie begehrt habe.

– Benjamin! schrie er.

Keine Antwort. Er suchte vergeblich die Gegenwart eines Atems, einer Wärme neben sich.

»Er hat keine Achtung vor mir.« Das Gefühl, man könnte ihn im Dorf nicht respektieren, drückte ihm das Herz ab. »Wenn ich besoffen bin, dann schon ... aber sonst nicht.« An den andern Tagen war er eine stattliche Erscheinung trotz seines kurzen Wuchses – er hatte sich deswegen von Jugend an eine sehr gerade Haltung angewöhnt – an solchen Tagen brachte man ihm Achtung entgegen. Allmählich beschlichen ihn Zweifel. »Meine Frau hat Respekt vor mir«, sagte er laut, um seine Selbstsicherheit wiederzufinden. Er genoß es, sie von sich abhängig zu fühlen, ihm ergeben, auf den Knien. Er zählte für sie, in ihren Augen war er sogar ein unheimlicher Kerl und sehr groß. Das erfüllte ihn jetzt mit einer Art Dankbarkeit, die an Rührung grenzte. »Aber häßlich ist sie doch, und ich mag sie nicht«, und schon überkam ihn die Verzweiflung.

Er wollte seinen Rucksack loswerden, der an sich nicht schwer war. Plötzlich empfand er das Bedürfnis, alles Unnötige abzulegen. Am liebsten hätte er mit seinem Sack noch die Mütze zu Boden geworfen, seine Jacke, seine Hose, sein Hemd ... und seinen Kummer. Aber es ist schwierig, sich all dieser Dinge zu entledigen. Als er versuchte, einen der Rucksackriemen, der ihm in die Schulter einschnitt, abzustreifen, wurde er von seiner schlecht berechneten, allzu heftigen Bewegung fortgerissen – sein Körper drehte sich ab. Er verlor das Gleichgewicht und fiel in die Büsche.

Die Büsche zerkratzten ihm das Gesicht, gaben unter seinem Gewicht nach und ließen ihn über einen Kieshang abrutschen, der mit ein paar groben Steinen, mit Sträuchern und Grasbüscheln durchsetzt war, an die er sich unwillkürlich klammerte. So wurde sein Fall verlangsamt, aber er kollerte doch hinunter, bis ihn ein Obstgarten auffing. Später berichteten die Zeitungen über seinen Unfall unter dem Titel: *Ein Sturz über hundert Meter*. Das stimmte.

∗

In der Morgenfrühe bemerkte ihn dort eine alte Frau, der nichts Besonderes an ihm auffiel, so daß sie ihres Weges ging, ohne ihn näher anzusehen und ohne ihm Fragen zu stellen.

Clotaires Haare und Kleider waren mit Reif bedeckt wie das Gras, die Steine, die Blätter. Er war ihnen ähnlich geworden, und es durchschauerte ihn wohlig, als ihn endlich die Sonne erreichte. Während er sich von ihr trocknen ließ, überkam ihn eine große Mattigkeit. Er wußte nicht mehr, was um ihn vorging. Als er die Augen wieder aufschlug, erschien ihm die Landschaft, die er bleich und vom Frost zerknittert gesehen hatte, glänzend und farbenfroh wie ein Abziehbild, von dem man die Schutzschicht gelöst hat. Kleine schwarze und rote Kühe weideten das noch grüne Gras ab, gehütet von einer Frau mit klaren, etwas gefurchten Zügen, die mitten unter ihnen stand und strickte. Die Tiere fingen das Licht mit ihrem Fell auf, die

Birnbäume mit ihrem gelben, zähen Laub; nur die Bäuerin blieb glanzlos, unberührt von diesem Zauber, denn sie trug lauter tote Dinge auf sich: ihren Rock, ihre Jacke, ihr Kopftuch. Die Strahlen konnten mit diesen toten Dingen nichts anfangen, sie antworteten nur dem Ruf des Lebendigen.

Marthe bemerkte schließlich die Gegenwart des Mannes. Sie ging auf ihn zu und erkannte ihn. Sie war sehr verwundert, ihn da am Rand ihrer Wiese sitzen zu sehen. »Das ist Clotaire, das ist ja Clotaire!« Und da er sich nicht rührte, trat sie noch ein paar Schritte näher. Sah er sie überhaupt? In seinen weit geöffneten Augen spiegelte sich winzig der Obstgarten mit seinen Bäumen, mit der Herde und ihrer Hüterin. Die Landschaft lag in seinem Blick, aber war sie bis in sein Bewußtsein gedrungen?

– Kommst du, mir Gesellschaft zu leisten? fragte sie ihn im Scherz.

Er antwortete nicht.

Er ist betrunken, dachte Marthe. Aber nein, um diese Tageszeit ist man nicht betrunken. Er hat Kummer. Er hat gestern abend zuviel getrunken, und jetzt grämt er sich. Er nimmt es der ganzen Welt übel, wie wenn die ganze Welt daran schuld wäre. Auf alle ist er böse, sogar auf mich. Sie nahm ihr Strickzeug wieder auf, aber sie ging nicht von ihm weg, behielt ihn unauffällig im Auge, als ob sie auch ihn hüten müßte. Wie er seiner Mutter ähnlich sieht ... Ja, das gleiche, ängstlich gespannte Gesicht, das sich der äußeren Welt verschloß, um besser auf die innere zu lauschen. An diesem Morgen verwirrte, bedrückte sie dieses Gesicht. »Man könnte meinen, er sei blind und taub.«

Sie hatte Clotaire früher gut gekannt, aber seit vielen Jahren sahen sie sich kaum mehr und wechselten nur selten ein Wort. Erinnerte er sich noch, wie er sie geliebt hatte? Wußte er es noch? Auch sie hatte ihn geliebt; sie war nicht die einzige. Es schwelte in ihm eine ungewollte Glut, und

152

deswegen liebten ihn die Frauen. Er machte ihnen nie den Hof, er sah sie nicht einmal an; dennoch spürten sie, daß seine Blicke, die anderswohin gerichtet waren, auf ihnen ruhten und sie gefangennahmen. Sie spürten, daß seine Hände, die er immer schön offen und ausgestreckt hielt, mit der Macht begabt waren, neues Leben in ihnen zu wecken. Und die Frauen sprachen immer noch mit einer merkwürdigen Nachsicht von Clotaire. Sie lachten ohne Bosheit über ihn, sie hielten sich mütterlich über seinen Lebenswandel auf. Die Worte, die sie an ihn wendeten, hätten jeden andern schlechtgemacht, ihn machten sie ergreifend. Sie gaben ihnen einen zärtlichen Ton und einen geheimnisvollen Anstrich.

Aber er war ein Säufer, und so etwas wollen die Eltern nicht als Schwiegersohn; und die jungen Mädchen können sie noch so lieben, diese Säufer, auch sie haben Angst … vor dem späten Heimkommen, den Schlägen, der Schande. Sie verzichten, wenn auch unter Tränen. Eine einzige hatte sich nicht vor dem Unglück gefürchtet, eine einzige hatte den Mut gehabt: Emilie.

Marthe hob den Kopf. Clotaire hatte einen stöhnenden Laut von sich gegeben. Diesmal wagte sie ihn genauer anzusehen.

– Fehlt dir etwas?

Jetzt sah sie, wie bleich er war. Er hatte sich gewiß erkältet. Sie hätte eher daran denken sollen: die Nacht im Freien.

– Fehlt dir etwas?

Er nickte. Er schien sehr müde.

– Komm mit mir nach Hause, ich richte dir einen heißen Trunk.

Als er aufstand, fuhren alle Eidechsen, die sich hier vor dem Winter ein letztes Mal an der Böschung gesonnt hatten, raschelnd auseinander. Er griff sich an den Kopf und stellte fest, daß er seine Mütze verloren hatte.

– Die werden wir schon wieder finden, sei nur ruhig, sagte Marthe zu ihm.

Er folgte ihr ohne Widerstreben. Er schämt sich, dachte sie und vermied es deshalb, ihn auszufragen. Auf halbem Weg begegnete ihnen ein Junge, dem sie den Auftrag gab, an ihrer Stelle auf die Kühe aufzupassen. Sie kamen zu ihrem Haus und traten in die Küche. Marthe rückte dem Gast einen Stuhl an den Herd, wo seit dem Morgen ein Stück Gesalzenes im Kraut garte. Der Mann ließ sich führen wie ein kleines Kind. Sie bereitete ihm einen Kräutertee.

– Er schmeckt nicht besonders, aber er wird dir guttun.

Sie goß einen Schluck Schnaps hinein. Er nahm die Kachel, die sie ihm hinstreckte, und hob sie langsam ans Gesicht. Aber er hielt sie nicht an die Lippen und trank nicht.

– Was ist denn? Du mußt trinken.

Er tat ein paar Züge, dann wandte er den Kopf ab. Marthe stellte die Kachel neben ihn auf den Herd.

– Danke, murmelte er.

Er saß da, beide Hände auf die Stuhlkante gestützt, ein Bild der Bescheidenheit in seinem schäbigen Sonntagsanzug aus braunem Tuch, den er seit zwölf Jahren trug, immer denselben, und der mit der Zeit dünn und ganz glatt geworden war. Jetzt bemerkte Marthe, daß seine Hände wund waren unter Flecken von geronnenem Blut. Am liebsten hätte sie eine dieser Hände zwischen die ihren genommen und an die Lippen geführt. Eine unvernünftige Regung, der sie natürlich nicht nachgab. Einmal in ihrem Leben hatte sie das gewagt, zur Zeit, als sie noch miteinander gingen. Es war an einem Sonntagabend, er begleitete sie heim nach einem Ball. Er hatte getrunken und war traurig. Er hatte ihr so leid getan. Sie wollte sich verabschieden und hineingehen, aber sie wußte, daß er noch eine Weile im Dunkeln vor der geschlossenen Türe warten würde in der Hoffnung, sie komme zurück; er konnte

sich nicht damit abfinden, daß sie ihn so stehenließ. Da
hatte sie, ehe sie die Türe zuzog und ihn da draußen sich
selbst überließ, Clotaires Hand ergriffen, hastig, ohne
sein Einverständnis, und hatte sie geküßt. Dann war sie
im Haus verschwunden, ohne je zu erfahren, wie er es
aufgenommen hatte. Marthe erinnerte sich noch so gut an
das unerwartete Gewicht dieser Hand und an die nach-
träglich empfundene Scham, daß sie, das stolze Mädchen,
sich so demütig verliebt gebärdet hatte. Darüber waren
fünfzehn Jahre hingegangen. Ob Clotaire sich noch daran
erinnerte?

Sie war verheiratet, sie hatte fünf Kinder, sie hatte das
alles fast vergessen … und an diesem Morgen hatte sie aufs
neue mit ihm zu tun.

Sie reichte ihm die Kachel hinüber:

– Das wird dich wärmen.

Er sah sie an. Sie hatte plötzlich den Eindruck, er erken-
ne sie nicht, wisse von nichts mehr. In seinen schwarzum-
randeten Augen lag ein wenig Überraschung, Hemmung
und eine große Müdigkeit.

– Was hast du, Clotaire?

Er antwortete nicht. Er trank zwei, drei Schlucke. Sie
waren heiß, aber er schien es nicht zu spüren, sein Mund
verzog sich nicht.

Marthe, hielt es nicht länger aus, ihn so schweigend anzusehen, es zerriß ihr das Herz; sie ging in den Keller hinunter und begann das Wintergemüse in die feuchte Erde
einzugraben. Als sie wieder in die Küche heraufkam, war
Clotaire nicht mehr da.

*

Er stieg durch die Gassen des Dorfes hinauf; einige waren
gepflastert und hatten Stufen. Den Häusern und Scheunen
entlang nahm er die Hände zu Hilfe. Manchmal hielt er

inne, um Atem zu schöpfen, den Rücken an eine Mauer gelehnt; dann stieg er weiter.

Unterdessen wartete ganz oben im Dorf in ihrem kleinen Haus Emilie auf ihn und schürte ihren großen, ungewöhnlich heftigen Zorn. Man hatte just an diesem Morgen schon mehrmals nach ihrem Mann gefragt. Sie hatte den Bescheid geben müssen, er sei nicht heimgekommen. Da hatte man sich ein wenig lustig gemacht über sie.

– Man könnte meinen, Ihr wäret Witwe! Ihr solltet ihn etwas besser hüten, Euren Mann! Ihr habt ihn zu lange gewähren lassen.

Dann waren die Leute rasch weggegangen, um nicht sehen zu müssen, wie diese Frau häßlich wurde, so häßlich vor ihren Augen, ohne ein Wort zu sagen. Hätte sie nur den Mund aufgemacht, ihre großen Kiefer und ihre schiefstehenden Zähne gezeigt, ihre rauhe Stimme hören lassen … das wäre ihnen weniger peinlich gewesen.

Ja, sie hatte ihn zuviel gewähren lassen. Sie hatte ihn immer in Schutz genommen vor den andern und vor sich selber. »Er meint es nicht böse – er ist schwach, bloß schwach.« Hätte sie sich anders verhalten können? Nein, denn auch sie fühlte sich schuldig. Sie wußte wohl, daß sie nicht recht getan hatte, die Frau eines Mannes zu werden, dessen Feigheit und Lügen sie kannte. Sie wußte genau, daß er sie nicht liebte. Sie hatte ihn gekauft. Jede Minute ihres Lebens zahlte sie ein Quentchen der Summe. Um Clotaire für sich zu haben, hatte sie ihren Stolz, ihre Unschuld abtöten müssen. Jeden Tag, jede Nacht stand diese Sünde zwischen ihr und ihm, diese seltsame Sünde, für die es keinen Namen gab und von der sie niemand freisprechen konnte. Ihr ganzes Leben lang würde sie zu tragen haben an ihrer Schande und ihren Gewissensbissen … Das war es, was ihr den Mund verschloß.

Aber heute wollte sie ihm ihre Qual entgegenschreien. Sie war zum Überlaufen voll von dieser Qual, die ihr Ge-

sicht verzog und ihren Körper schwer machte wie das Gewicht eines Kindes. Sie war am Ende, sie konnte nicht
mehr.

Da trat Clotaire ein.

Sie fühlte sich plötzlich furchtbar nackt und allein vor
ihm. Ihr Zorn war mit einemmal verraucht. Er fehlte ihr.
Dieser Zorn hatte sie warm gehalten, stark gemacht. Woran sollte sie sich jetzt klammern? Sie konnte nicht darauf
verzichten. Ihre Hände fuhren ins Leere; ungeschickt raff-
te sie ein paar Worte zusammen, ein paar Sätze, die kein
Leben, keinen Sinn mehr hatten, aber sie nahm sie trotzdem auf und warf sie ihm an den Kopf. Emilie redete
drauflos, vielleicht nur, um Clotaire nicht sehen zu müssen, so wie er wirklich war, und ihre Worte waren Sand
und Steine, mit denen sie ihn zuzudecken versuchte. Aber
diese Geschosse glitten ihr durch die Finger, fuhren über
ihn hinweg, ohne ihn zu treffen, ohne ihn zu verletzen.

– Du bist schuld, daß deine Mutter vor Kummer gestorben ist! Deine Geschwister haben dich aus dem Haus gejagt! Du bist die Schande des Dorfes! Es genügt dir nicht,
daß ich alle Arbeit allein tue, den Mist führe, das Holz
spalte, du willst auch noch, daß man mich verachtet. Daß
ich deine Magd sein würde, wußte ich schon … Aber die
letzte der Mägde wird besser behandelt als ich!

Clotaire hatte sich ihr gegenüber auf die Bank gesetzt.

Mit tonloser Stimme fuhr sie fort:

– Schimpf und Schande hast du über uns gebracht.

Dann hielt sie inne. Sie konnte nicht umhin, ihn anzusehen. Er saß noch immer am selben Platz, an die Wand gelehnt, den Blick ins Leere gerichtet. Erst jetzt gewahrte sie,
wie blaß er war und wie schön. Dieses oft so verknitterte
Gesicht, besonders nach einer durchzechten Nacht, zeigte
keine Falte mehr, keine Bruchstelle. In den großen Augenhöhlen hatte der Blick seine kindliche Klarheit wiederge-
funden. Alles Häßliche und Schwere an ihm war ausge-

löscht. Und seine grauen Haare bildeten um den Schädel einen sanften Heiligenschein.

»Wie er seiner Mutter gleicht!« Emilie, wieder zur Sklavin geworden, bebte vor Ehrfurcht. Nie würde sie Macht haben über ihn. Immer auf den Knien oder in Auflehnung, aber meistens auf den Knien ... Hatte er sie überhaupt gehört? Hatte er sie überhaupt gesehen? Sie rief ihn an:

– Clotaire! Clotaire, antworte mir!

Aber er verharrte in seiner ekstatischen Ruhe.

Sie flehte:

– Du hörst mich nicht! Du siehst mich nicht!

Und dann:

– Clotaire, ich habe Angst.

Sie wich vor ihm zurück bis an die Wand, ohne ihn aus den Augen zu lassen. Es geschah etwas Unbegreifliches, das sie nie hätte voraussehen können. Ihr Mann wurde ein anderer, und sie selbst, war sie noch Emilie? Sie sah ihn wanken auf seiner Bank, zur Seite gleiten. Sie konnte ihn eben noch auffangen.

– Mein Gott, du bist krank! Was hast du? Was hat man dir getan?

Sie hielt ihn in ihren Armen. Er war nur noch ein armes, lebloses Kind in ihren Armen. Er schloß die Lider, sein Kopf rollte zu ihr hinüber, schlug an ihrem Herzen auf.

– Er stirbt mir, er stirbt mir!

Sie stellte sich vor, man habe ihn behext, vielleicht schon vor langer Zeit ... aber im gewünschten Augenblick wurde der Fluch wirksam. Und niemand, niemand konnte wissen ... In Emilies Seele erwachten uralte, heidnische Schrecken.

Unmöglich aufzustehen, Hilfe zu holen. Sie mußte bei Clotaire bleiben. Sie spürte, wie das Leben aus ihm entwich, sie spürte es deutlich. Es kam ihr in den Sinn, wie sie als Kind einmal im Wald ein verletztes Eichhörnchen gefunden hatte. Sie hatte es in ihre Schürze genommen, an ihren Bauch, um es heimzutragen. Zuerst hatte es sie warm gehalten, aber allmählich war der leichte Körper erkaltet. Und jetzt dasselbe ...

Er war am Sterben. Clotaire hatte bei seinem Sturz über die Böschung hinunter den Kopf an einem Stein aufgeschlagen, und in seinem Schädel war ein ganz feiner Riß entstanden. Seit Stunden rann das Blut, rann in diesen Kopf, ohne daß man etwas sehen konnte, in diesen leidigen Säuferkopf, der plötzlich zu leuchten anfing. Und sie hatte ihn mit bösen Worten empfangen! ... Emilie blickte auf seine offenen Handflächen, in denen die eingetrockneten Blutflecken sich röteten wie Wundmale. Sie begriff nicht, sie war wie geschlagen, daß sie nicht begreifen konnte.

– Was hat man dir getan?

## *Weinlese*

Man beachtete sie zuerst nicht. Dann war es ihr Schweigen, das ihre Gegenwart spürbar machte, wie eine andere sie durch ihr Lachen oder ihre Stimme betont hätte. Nicht sehr verschieden von ihren Gefährtinnen: ein schönes Mädchen mit Augen, die sich nicht verschenkten, mit einem wohlgeformten Kinn; nur der Mund erlaubte sich zu träumen.

»Sie ist keine Hiesige«, sagten die andern. Sie schüttelte ihre Benommenheit ab und begann zu reden. Sie wohnte im Unterwallis und war nach Sierre gekommen für die Weinlese … Man ließ sie in Ruhe. Eine gute Arbeiterin. Sie brach die Traube mit dem Nagel und fing sie behutsam in der hohlen Hand auf. Wenn es hart ging, durchschnitt sie den Stiel mit einem Messerchen, das sie jeden Tag schliff, ehe sie zur Arbeit kam. Man sah kaum faule Beeren in diesem Jahr. Sie lagen ihr unversehrt in der Hand, eisig und mit Tröpfchen bedeckt frühmorgens, warm wie Lampen am Mittag. Abgefallene Beeren hob sie rasch auf und legte sie in den Eimer mit ein wenig Erde dran. Nichts darf verlorengehen.

War der Eimer voll, so leerte sie ihn in die Brente. Einen Moment lang lag zwischen ihr und dem Mann, der dort einstampfte, eine leichte Dunstwolke. Da sah sie ihn an. Der Mann wunderte sich über diese Augen, die auf ihn ge-

160

richtet waren. Sie ging wieder weg. Die Blätter streiften ihre Schürze, sie bog seitlich aus und kehrte zu ihren Gefährtinnen zurück.

Um sie herum sprach man oft Mundart, dann war sie noch mehr allein. Aber sie hörte zu mit der gleichen ernsthaften Aufmerksamkeit, mit der sie die Trauben las. Und wenn sie vor einem Weinstock niederkniete, dessen Früchte bis auf den Boden herunterhingen, so tat sie es mit einer seltsamen Inbrunst.

Auf der Landstraße fuhren die Karren vorbei mit so ungeheurem Getöse, als käme das jüngste Gericht. Sie waren schwer beladen mit Bottichen und Fässern. Das Mädchen sah den Fuhrmann an, dann wandte sie sich ab.

Am Morgen verharrten die Reben in der Ebene noch stundenlang im Schatten und in der Kälte, während sie an den Hängen oben schon im Sonnenlicht badeten, das allmählich zu den Winzern hinunterstieg. Endlich standen sie auch im Licht, und das tat ihnen wohl, als hätten sie plötzlich erfahren, daß sie zu den Erwählten gehörten und nicht zu den Verdammten.

Am Abend, wenn sie zurückkamen, schritt das Mädchen neben den andern her, die Wangen mit Sulfat bestäubt und im Körper jene tanzende Bewegung, die ihr vom Tagwerk geblieben war, wenn sie sich zwischen den Weinstökken durchwand. Manchmal kamen sie alle voll Stolz durch das Städtchen zurück. In der Hauptstraße dunkelte es schon, und die ersten Lampen brannten, aber im Westen war der Himmel noch hell wie eine Traube.

Sie wohnte in Muraz bei einer Schwester ihrer Mutter, die sie nur ungern aufgenommen hatte. »Sie verdient bei der Lese, gewiß, aber es ist doch eine Störung«, sagte die alte Frau zu ihren Nachbarinnen.

Nach Feierabend stand das Mädchen auf der Schwelle und betrachtete von dort das Leben auf der Straße, mit jener Würde, jener Selbstsicherheit, die ein langer Arbeitstag verleiht. Sie sah den Vorübergehenden ins Gesicht. Eine unverschämte Person, dachte die Tante, der es an solchen Abenden nicht geheuer war. »Die Leute sind nicht wie sonst …« Ja, sie lebten ein anderes, nächtliches Leben voll Geheimnis und Leidenschaft. Man erriet es schon, wenn man die Männer vorbeiziehen sah mit glänzenden Stirnen, unentwegt wie Nachtwandler. Und der Lärm, den sie sich erlaubten, als sei es heller Tag! Sie klopften die Dauben und spülten die Fässer mit mächtigen Wassergüssen. Und dieses Mädchen, ihre Nichte, die ihnen verzückt zusah mit weit aufgerissenen Augen. Tatsächlich, sie waren schön, diese Augen, und sie zwinkerten nicht trotz der Müdigkeit. Und wenn dann noch der Mond aufging über dem Corbetschgrat, denn der Mond ist immer dabei während der Lese, aber größer als seit Menschengedenken, dann verkroch sich die alte Frau im Dunkeln.

Schließlich kam auch das Mädchen herein. Einmal überraschte die Tante sie weinend in der Küche.

– Was hast du?

– Nichts.

– Wenn man weint, hat man etwas.

– Ich verliere den Mut, das ist alles.

Am andern Morgen ging sie wieder zur Arbeit wie sonst, mit jener Beschwingtheit, die sie größer erscheinen ließ als ihre Gefährtinnen. Sie zog die kalte Luft des Herbstmorgens in langen Zügen ein, glücklich dazusein, einen ganzen Tag vor sich zu haben, der ihr vielleicht bringen würde, was sie sich wünschte. Ein paar Nüsse waren auf die Straße gefallen. Sie zerdrückte sie mit dem Absatz, knackte sie noch ganz auf und entfernte sorgfältig die Haut. »Die Nüsse auf den Wegen gehören denen, die sie auflesen«, sagten die Winzerinnen.

Aber das Mädchen sah rings um sich die Weinberge von Sierre mit wachsender Beklemmung: die der Noble Contrée, welche stufenweise aufsteigen und sich auffächern,

die der Bernunes, dem Pfynwald gegenüber, die von Plan-
zettes und Géronde, die von Pradegg, die von Saint-Gi-
gnier. Sie hatte sie sich nie so zahlreich vorgestellt. So viele
Hügel und auf jedem Hügel Reben! Das war sie nicht gewohnt. Sie kam aus der Gegend von Fully, wo der Berg
ganz nahe ist und die Ebene sich ohne Überraschung dem
Blick auftut.

Sie durchlief fast alle Rebberge; sie erntete für Händler,
für Unbekannte. Jetzt waren am Morgen Wiesen und Reben mit Reif bedeckt. Sie trug eine dicke Jacke unter der
grauen Schürze und auf dem Kopf ein feines blaues Woll-
tuch, das sie im Nacken knüpfte. Die Blätter verkrümelten
ihr in der Hand, und die überreifen Trauben verloren ihre
Durchsichtigkeit.

Eines Nachts fiel Schnee. Sie sah ein ungewohntes
Land, weiß und golden, denn die Blätter der Bäume waren
noch nicht alle gefallen. Heute muß etwas geschehen …
dachte sie. Aber am Abend kam sie enttäuscht zurück. Es
hatte keinen Schnee mehr in den aufgeweichten Wegen.
Sie murmelte: »Ich werde ihn nie finden.«

Sie dachte ans Heimgehen. Aber sie blieb noch. Die
Weinlese ging dem Ende entgegen. Sie bot ihre Hilfe einer
Nachbarin an, die weiter oben noch Reben besaß. Sie stieg
einen steilen, steinigen Weg hinauf, durchquerte zwei
Dörfer und kam auf die Landstraße. Da, neben einer Mau-
er, wartete ein Karren. Sie sah den Mann nicht an, der das
Maultier am Zügel hielt, aber er richtete seinen Blick auf
das Mädchen.

Sie fuhr zusammen: Sie hatte ihn nicht gesehen. Sie war
nicht mehr darauf gefaßt, ihn zu treffen. Verwirrt stellte
sie fest, daß er noch gleich war wie bei der ersten Begegnung.

– Guten Tag, sagte sie.

Wie das erste Mal hatten sie keine Erklärungen nötig;
das Vertrauen war sogleich da. Sie hatten sich vor einem

163

Jahr im Unterwallis auf der Straße getroffen. Nach einem kurzen Gespräch hatten sie sich verabschiedet. Später merkte sie, daß sie seinen Namen nicht wußte und er den ihren nicht. Er hatte ihr nur gesagt, er sei aus dem Mittelwallis und arbeite in den Reben. Im Winter stieg er dem Wild nach. »Ich werde Euch einmal einen Fuchs- oder Marderpelz schicken ...« Sie hatte gelacht. Jetzt war ihr nicht mehr ums Lachen.

– Ich wußte schon, daß ich Euch wiedersehen würde, sagte er.

Das war gar nicht so leicht, dachte sie, und sie nahm es ihm ein wenig übel, daß er das alles so einfach fand ...

## Das Feuer

Nackt ist das Land; nackt auch der Himmel und glatt. Nichts Verborgenes, nichts Geheimes im Märzlicht. Die Berge stehn streng und nah, die Hügel erheben sich; die Wiesen, vergoldet und abgenutzt wie alte Bilder, offenbaren ihre Höcker und ihre Risse, die Bäume die kräftige Gebärde ihrer Äste, die Straßen ihren Staub. Und trotz dem Schnee, den sie geschluckt hat, mein Gott, wie ist die Erde in den Rebbergen trocken! Die Menschen können sie lange umgraben mit ihren Doppelhacken, sie können sie noch so gründlich misten und tränken, sie bleibt immer gleich: trocken und hell.

Noch keine Blumen, nichts als ein grelles Licht über dem Tal, nichts als eine schmerzhafte Lust im Körper. Und doch … Es gibt merkwürdige rote Blumen mit Rauchduft, lebendige Blumen, die den Hecken entlang aufschießen. Man sieht sie von weitem, man sagt: »Dort verbrennen sie das dürre Gras, die Stauden.« Das ist die Frühjahrsreinigung; man bringt das Land in Ordnung, man zieht die Gräben nach, man modelt die Formen heraus. Die Kinder schreien: »Feuer! Feuer!«, und eine unbegründete Angst läßt sie über die Wege laufen, ziellos laufen, bis sie den kleinen Schreck im Winkel ihrer Seele vergessen haben.

Auch die Menschen fühlen sich nackt im Frühling, ganz nackt und ein wenig bloßgestellt. Es gibt keinen Schatten, kein Blattwerk, keinen Nebel, um sich zu verbergen. So bleibt ihnen nichts übrig, als rein zu werden und wahr.

An den Hängen recken sich die Dörfer dem Himmel entgegen, bieten ihm ihre mattbraunen Hauswände dar und ihre Mauern mit den Sulfatflecken. Entrückt und gespannt warten sie.

*

Das eine vor allem, das Dorf Corin, dessen Name ein Kreuzfahrer aus dem Orient gebracht hat. Nur wenig über der Ebene gelegen, hebt es sich schon vom Himmel ab. Nicht daß die Leute hier glücklicher wären als anderswo; auch hier ist das Leben Mühe und Arbeit, und am Abend erstickt die Müdigkeit den Traum. Aber wer so den ganzen Tag der Sonne ausgesetzt ist und einen langen Strom zu seinen Füßen liegen sieht, den überkommt ein ruhiger Stolz, der dem Glück gleicht.

Ein solches Glück empfand Alexine besonders lebhaft an diesem Märzmorgen, während sie den Hang hinaufstieg mit einer schwarzen Kuh hinter sich, die über dem Saumsattel einen Doppelsack voll Mist trug. Wer kein Maultier besitzt, braucht die Kuh entweder als Zugtier oder als Lasttier, denn im Wallis sind die Kühe kräftig in den Lenden und Beinen. Beide, die Frau und das Tier, hatten den langsamen, sicheren Schritt derer, die wissen, daß sie etwas Nötiges tun, und wenn Alexine manchmal ein wenig am Halfter zog, so war das ihre Art, der Kuh zu sagen: Ich vergesse dich nicht, ich weiß, daß du da bist ... Schon fünfmal haben sie den Weg vom Stall zur Wiese, von der Wiese zum Stall zurückgelegt; jetzt tun sie es ein letztes Mal. Alexine ist die Landarbeit gewohnt wie ein Mann. Es ist aber auch nötig: Sie hat weder Gatte noch Bruder, und Dorothée, ihre seit Jahren gelähmte Schwester, verläßt die Stube nicht mehr.

Die Sonne striegelt das Fell des Tieres, läßt die Knochen hervortreten, wetzt die Hörner, entzündet rötliche Funken in seinem Haar und gibt ihm so viel ursprüngliche Majestät und Wildheit zurück, daß die Last wie eine Entwürdigung wirkt und die Bäuerin daneben klein und unscheinbar wird. Aber sie ahnt es nicht. Das ungewohnte Glücksgefühl, das sie heute belebt, gibt ihr den Eindruck, sie sei groß und hell. Es ist etwas so Leichtes, so Müheloses in ihr … Sie spürt die Grenzen nicht mehr, die ihr sonst vom Körper gesetzt sind. Mit einem einzigen Arm kann sie von der Landschaft Besitz ergreifen, mit einem einzigen Schritt den höchsten Berg erklimmen, mit einem einzigen Blick den blauen Wein des Himmels trinken.

Zuerst war sie ein wenig benommen und dachte an nichts; aber jetzt kommen ihr die Erinnerungen wieder, die Erinnerungen an die Zeit, da sie Schulmeisterin war im Dorf. Sie sieht sich wieder eingesperrt in der düsteren Schulstube, wo von draußen das Licht nur in kärglichen Ausschnitten durch die Sprossenfenster hereinschaute, nur ein Stern oder zwei am Abend, und im Dezember das weiße Farnkraut, das sich an die Scheiben klebte. Aber drinnen, in dieser Höhle voll Stallgeruch und Staub, verwahrte sie die Geheimnisse der Welt. Sie wußte die Namen der Städte, der Inselgruppen und der Meere, die weder sie noch irgendwer im Dorf je zu Gesicht bekommen würde. Sie wußte den Namen des alten Volkes, das einst die Rebe in diesen Boden eingepflanzt hatte, die Namen der bedeutenden Männer, die vor mehr als tausend Jahren hier gelebt, und was sie getan hatten. Sie wußte, daß die Talsohle des Wallis einst lauter Sumpf gewesen war mit einer Rhone, die sich ungebärdig ihren Weg bahnte, daß der Gnädige Herr Bischof früher ein Fürst war, der im Schloß auf dem Tourbillon-Hügel wohnte. Und in diesem Pfynwald – man sieht von hier aus deutlich, daß er einmal den Berg hinuntergerutscht ist, das Tal ausgefüllt und den

Fluß an die gegenüberliegende Felswand gedrängt hat –, in diesem Wald hatte eine schreckliche Schlacht stattgefunden, und Alexine wußte sogar zwischen wem. Sie wußte auch, daß nicht alle Sterne die gleiche Farbe haben, daß es rote gibt, blaue, grüne, und welche Bahnen sie ziehen am Himmel. Sie kannte das Spiel der Zahlen und die Regeln der Rechtschreibung. Sie konnte auswendig Gedichte aufsagen, die sie in ein kartoniertes Heft eintrug mit einer feinen Seminarschrift, deren Majuskeln ihre Schnörkel über die folgenden Buchstaben hinschwangen, wie ein städtischer Kutscher munter die Peitsche schwingt über sein stattliches Gespann.

Jetzt weiß sie das alles nicht mehr, aber sie ist stolz, daß sie es einmal gewußt hat. Jetzt sind all diese geheimnisvollen Dinge abgestorben. Es bleibt in ihrem Kopf nur eine unbestimmte, etwas komische Erinnerung, weil diese Dinge sie nutzlos dünken und ohne Bezug zum alltäglichen Leben. Sie kommen ihr so fremd vor wie jener hochstämmige Laubwald, der im Geographiebuch abgebildet war und lauter wilde Tiere beherbergte: das Zebra, den Büffel, den Löwen, die Giraffe und den Orang-Utan.

*

Die einstige Lehrerin und ihre Kuh sind am Rand der Wiese angelangt. Es ist eine von den ganz kleinen Wiesen, die aussehen, als seien sie nur zum Spaß da, nicht im Ernst. Aber hier fällt es keinem ein, darüber zu lachen; man ist froh genug, wenn man sie hat. Alexine schürzt ihr langes Kleid über dem violetten Unterrock und verknotet es hinten, damit es nicht schmutzig wird. Es ist zwar ein Werktagsrock und schon alt, aber die Unterkleider sind noch älter. Dann bindet sie ihr Tier an eine Ulme, faßt kräftig Stand, stemmt mit den Armen den einen Sack hoch und leert ihn auf den Boden aus. Es hat schon mehrere Misthaufen auf dem dürren Gras. In einem steckt eine Gabel, mit der sie jetzt Haufen um Haufen ansticht und verzettet, damit jeder Fleck Boden seine Ration bekommt. Nach einer Weile hält sie inne und gibt dem verrutschten Hut einen kleinen, trockenen Schubs; sie zwinkert, sie ist noch nicht gewöhnt an diese Frühjahrshelle. Es ist, als werde uns eine Binde von den Augen gerissen, als sage uns einer: »Sieh dieses Land, das vor dir liegt, ich schenke es dir.« Und dann muß man ja hinsehen.

Die Berggipfel leuchten ... Man könnte meinen, sie seien unwirklich und der liebe Gott – oder wär's am Ende der Teufel? – schicke uns Trugbilder, um uns zu verwirren und uns einen Vorgeschmack zu geben vom Paradies. Aber beim Überlegen kommt man drauf: Die Oberfläche des Schnees beginnt zu tauen dort oben, an diesen Sonnentagen, und nachts verwandelt sie sich in Eis. Deshalb glänzt sie so. Zu Alexines Füßen, auf dem alten Goldgrund der Wiesen, sind ein paar Grünspanflecken zum Vorschein gekommen. Ein rohes Grün, ein vergessenes Grün. Diese neue Farbe weckt in ihrem Körper eine kleine, erquickende Freude; aber die Erde in den Rebbergen ist so grau und steinig, daß sie jetzt schon die Schmerzen spürt im Kreuz und die rissig werdenden Hände. Ihre Reben ... denn sie selbst beschneidet die Stöcke, zieht die Pflanzgräben, setzt die Stickel ein, bricht die Schoße aus, bindet auf und jätet. Niemand hilft ihr. Ja, die Pflege der Reben ist ein mühsames Werk und zehrt an den Kräften. Aber welch ein Glück, sie zu sehen, wenn die Arbeiten der Fastenzeit abgeschlossen sind, säuberlich aufgebunden und leicht rötlich, auf den großen Tag der Auferstehung wartend.

Sie hat sich wieder ihrer Arbeit zugewandt; mit einem Holzrechen verzupft und ebnet sie die Dungschicht. Sie hält nochmals inne, atmet tief. Sie hat in der Luft einen Rauchgeruch wahrgenommen, nicht den guten, harzigen Duft, der aus den Dorfkaminen aufsteigt, sondern den beißenden, schweren von Gras, das man auf einem Nachbarfeld abbrennt. Sie zieht ihn ein mit geschlossenen Augen, die Hände über dem Bauch verschränkt. Dann schüttelt sie den Kopf: »Nein, ich habe es Dorothée versprochen.« Und wieder führt sie mit gestreckten Armen den Rechen hin und zurück.

»Als ich noch Schulmeisterin war …« Wenn man sich vorstellt, daß sie alle geschichtlichen Daten kannte! Heute ist ihr das alles einerlei und ihren früheren Schülern auch. Andere Daten sind wichtig geworden: die der Jahrmärkte, der Bewässerungstage, der Eisheiligen etc. Aber daß sie einmal auf dem laufenden war in so komplizierten Dingen, das grenzt schon ein wenig an Hexerei. Übrigens begegnet man ihr noch heute mit Respekt. Es gibt sogar einzelne, die sich vor ihr genieren. Zum Beispiel Félicien de Prosper, der Gemeinderat, welcher so großartig tut bei den Leuten; sie hat bemerkt, daß der ganz kleinlaut wird, wenn er sie antrifft. »Das kommt daher, daß nur ich weiß, welche Mühe er hatte, etwas zu begreifen.«

Der Rauchgeruch ist noch immer da, hartnäckig, eindringlich, und Alexine wirft einen Blick die Wiese hinauf bis zur Böschung, die ganz mit Unkraut überwachsen ist. »Das sieht ja schon unordentlich aus, man sollte es wirklich abbrennen. Dann könnte das Gras nachwachsen, und es gäbe eine Hutte mehr.« Aber sie verzichtet darauf: »Es ist unmöglich, ich habe es versprochen.«

… Oh, es war gar nicht so einfach, ihnen etwas beizubringen und sie zum Gehorsam anzuhalten. Und kaum hatte sie die Kinder tüchtig ausgescholten, so überkam sie eine ganz widersinnige Lust, ihre Gesichter in beide Hände zu nehmen, diese ungeschneuzten, vor Scham oder Wut geröteten Gesichter, und sie zu küssen. Und manchmal während der Stunde, wenn sie alle diese Augen auf sich gerichtet sah, als wollten sie den Lieben Gott von ihr, ergriff sie das so, daß sie mitten im Satz steckenblieb.

Dann sagte sie: »Berthe – oder vielleicht war es Jean oder Joséphine –, mach ein Fenster auf, wir haben nicht genug Luft.« Und während das Fenster ein wenig quietschte, fand sie ihren Faden wieder. Jetzt war dieser Faden auf immer verloren und verloren auch diese Kinder, die ihr nicht gehörten.

Sie lacht leise, den Kopf zurückgelegt, mit geschlossenem Mund und spitzem Kinn, um nicht in ihrem Innern etwas klagen zu hören: »Ich hab' ja nie ein Kleines gehabt. Ich muß einmal allein sterben ...«

Und ringsum diese große, harte Landschaft, grell beleuchtet, in der sich nicht eine Linie verschiebt. Und jetzt schon wieder dieser Rauchgeruch! ... Alexine betrachtet die Böschung mit zusammengekniffenen Augen und wundert sich, daß die Büsche links und rechts lebendig scheinen. Ja, lebendig wie Tiere. Auch die Obstbäume auf den Wiesen haben zu leben begonnen und waren doch erst noch so schwarz und still ... »Es ist der Saft ... ich muß das aus der Nähe sehen.« Gespannt nähert sie sich der Hecke aus Schwarzdorn, Sauerdorn, Haselstauden. Das Licht gleitet über die Rinde, umschmeichelt die Äste, poliert, vergoldet sie; und unter den gebannten Blicken der alten Jungfer verwandelt sich jeder von ihnen in eine Schlange, wie sich einst Aarons Stab verwandelte unter den Augen der Ägypter.

Diese Büsche den Flammen ausliefern, daß sie sich winden müßten und schreien ... Aber was würde Dorothée sagen, wenn sie es erführe? Sie hat so gescholten das letzte Mal. Und laut, um sich besser zu überzeugen, fügt Alexine bei: »Zudem habe ich ja gar keine Streichhölzer!« Kaum ist das Wort gesprochen, spürt sie in der tiefen Tasche ihres Unterrocks ein Schächtelchen leise raschelnd an ihr Bein schlagen. Sie will es nicht hören. Sie wird böse auf sich selbst: »Aha, du willst dich nochmals in Gefahr begeben ... du fängst von neuem an!« Um die Versuchung abzuwehren, vergegenwärtigt sie sich noch einmal den Tag, an dem sie beinahe lebendig verbrannt wäre. Es war ein Morgen wie dieser in den Reben unterhalb des Dorfes. Die gleiche Lust, ein Feuer zu entfachen ... und plötzlich ging die Schürze in Flammen auf. Sie hatte schon gemeint, sie müsse sterben. Und dann der Zorn ihrer Schwester: »Nie, nie mehr fängst du so etwas an!« Alexine hatte geschworen. Aber diese Angst ist nicht die schlimmste, die sie in ihrem Leben ausgestanden hat. Es gibt noch eine andere, vergraben in ihrem geheimsten Innern, eine alte Angst. Alexine hat sich immer gehütet, daran zu rühren; aber jetzt aufersteht sie wieder, wächst in ihrem Körper:

... Warum hatte sie ihn nicht hereinkommen hören, diesen Verrückten, der den Mädchen nachstellte? Es war fünf Uhr nachmittags. Sie hatte alle Schüler heimgeschickt und kehrte mit dem Besen die Schulstube. Plötzlich hatte sie jemand hinter sich gespürt, sich umgedreht und Cliri gesehen, den einäugigen Dorftrottel, der drohend auf sie zukam. Sie dachte zuerst, er wolle sie umbringen. Aber er hatte etwas anderes im Sinn ... Er stürzte sich auf sie. Mit aller Kraft gelang es ihr, ihn abzuschütteln und gegen die Wandtafel zu stoßen, die umfiel und entzweisprang. Der andere kam wieder auf sie los. Die Zeit reichte nicht, bis zur Tür zu rennen, so verfiel Alexine auf die List einer Füchsin: Sie schlüpfte unter ein Pult. Es war so niedrig und breitfüßig, daß sie darin geschützt war wie in einem Bau. Der Verrückte klammerte sich daran fest und schüttelte wild drauflos. Vergeblich, das Pult war am Boden festgeschraubt. Da hatte er ganz verdutzt mit dem Kopf gewackelt, ein klägliches Gebrüll ausgestoßen und war dort stehengeblieben, bis es Nacht wurde. Alexine hätte gern um Hilfe gerufen, aber die Angst hatte ihr die Stimme verschlagen. Sie wartete zusammengekauert, mit eingedrückter Brust und starrte auf Cliri, von dem sie nur noch die Hosenbeine mit den Holzschuhen sehen konnte.

Inzwischen war es Dorothée aufgefallen, daß ihre Schwester nicht nach Hause kam, und sie hatte eine Nachbarin nach ihr ausgeschickt. Als der Irre jemanden kommen hörte, ergriff er die Flucht, und die Lehrerin war befreit.

Was bedeutete schon der Schreck vor dem Feuer verglichen mit jenem Schrecken? Sie kann nicht an die Tücke des Feuers glauben. Heute wird es für sie tanzen, ohne sie anzufallen. Sie sieht es schon vor sich: Es gleicht den Pappeln im herbstlichen Föhnsturm, den Spruchbändern am Fronleichnamsfest, den Fahnen der Kirchweih. »Ich werde gut aufpassen … nur ein paar Gräser, niemand wird es erfahren. Ein kurzer Augenblick, und dann ist Schluß.«

Sie zögert noch. Sie versucht, an etwas anderes zu denken, aber diesmal hat der rituelle Satz »Als ich Schulmeisterin war …« seine beschwörende Macht verloren. Sie blickt hinauf: niemand, nur ein Gehölz von Föhren und Eichen; auf dem Weg die Kuh, die wird es nicht verraten. Weiter unten die Wiesen, die Reben und das Dorf mit seinen Schieferdächern, welches von hier aus gesehen bloß wie ein Steinhaufen daliegt. Niemand kann sie sehen außer Gott und der Teufel.

Sie holt die Schachtel aus der Tasche heraus. Mit rascher, sicherer Bewegung reißt sie ein Streichholz an. Sie bückt sich, richtet sich wieder auf, tritt zurück. Und plötzlich ist da in der großen, unbewegten Landschaft eine böse Blume aufgegangen, die sich unruhig hin und her bewegt. Nichts von Bedeutung: Nur eine Flamme, die lautlos aufsteigt und wieder zusammenfällt, aber sie leckt schon weiter drüben, knackend in dumpfer Wut. Die Gräser schrumpfen, lösen sich auf in einem trüben, dicken Rauch, als hätten solche Kräuter eine unreine Seele. Dieses Bild erinnert Alexine an ein anderes, das sich in der Kapelle auf der Empore befindet und das jüngste Gericht darstellt: Neben den Toten, die sich aufrichten und ihre Grabplatte zurückstoßen, erglüht die Hölle, wohin die nackten Leiber der Verdammten gestoßen werden. Hier betrachtet sich der Eitle in einem ovalen Spiegel, dessen Griff zwei sich umwindende Schlangen bilden, dort verbrennt sich der Geizhals die Finger beim Zählen seiner Goldstücke, und was der Gierige verschlingt, wird Glut. Sie alle erscheinen vor Alexine, die hoch aufgerichtet dasteht mit geweiteten Pupillen und bebenden Nüstern. Aber wo ist der Zug der Erwählten: die Jungfrauen, die keuschen Ehegatten, die Demütigen, Märtyrer? Wo sind die ihnen entgegenfliegenden Engel und Gott Vater, der über den Wolken thront?

Sie fährt sich mit der Hand übers Gesicht und seufzt. Ist es die frische Luft, die sie berauscht wie ein zu starker Wein? Die Flammen greifen auf die Büsche über. Hat sie vergessen, daß diese Büsche bald in so dichtem weißem Blust stehen werden, daß man die Rinde nicht mehr sieht und sie für eine verlorene Wolke hält? Hat sie vergessen, daß sie sich jeden Frühling daran freute? Aber diese Zweige sind ihr heute feindlich gesinnt. Es ist ein Leben darin, das dem ihren trotzt. Deshalb beugt sie sich zum Feuer hinab und redet ihm hastig zu: »Geh! Geh! ... Verschling sie alle!«

Die alte Jungfer richtet sich wieder auf und verschränkt die Arme über der Brust. »Was bedeutet dieser Haß? Nein, genug jetzt! Ich muß löschen. Mit einem Stein oder zwei hat man bald ein paar Flammen getilgt.« Sie tut einen Schritt auf die Böschung zu, hebt einen Stein auf ... Aber jetzt dreht sie sich um: Ein Tier hat sie in die Ferse gebissen. Sie begreift. Ihr nachschleppender Rock hat eine Glut wieder angefacht. Wie sich wehren? Sie stampft mit beiden Füßen auf den Boden, doch diese Schlange läßt sich nicht zertreten. Mit kleinen, nervösen Handbewegungen versucht sie den aufsteigenden Rauch zu verjagen, diesen unausstehlichen Geruch ... Sie muß es machen wie letztes Mal: sich zu Boden werfen, herumwälzen, so rasch als möglich. Aber ihr armer, alter Körper ist zu steif. Sie bringt es nicht fertig, dieses Reptil loszuwerden, das sie umringelt, hartnäckig von ihr zehren will, ihr an die Kehle fährt, sie erstickt … Und die Berge stoßen zusammen, die Wälder gleiten herunter, die Reben legen sich nieder!

\*

Im Dorf hat man nichts gesehen, nichts gehört. Es ist ein Morgen wie alle andern im Vorfrühling. Die Männer haben ihre braunen Joppen angezogen oder ihre himmelblauen Überkleider und sind mit geschulterter Hacke in die Rebberge zur Arbeit gegangen. Einige sind im Dorf geblieben und graben die gestuften Gartenbeete um zwischen den Scheunen, aus deren Ritzen das vergilbte Heu hervorschaut. Andere, sind daran, eine eingesunkene Mauer wieder aufzubauen, noch andere sägen Holz.

Auf dem Balkon eines rötlichen Hauses – es ist das Pfarrhaus – liest ein Priester im Barett sein Brevier. Eine Frau kommt die Straße herauf, auf dem Kopf eine mächtige Ladung Rebholz, die sie mit beiden Armen festhält. Bei jedem Schritt quillt ihr der Rock hinten aus der Schürze heraus, weitet sich und zieht sich wieder zusammen. Es tut gut, sich in der reinen Märzluft zu bewegen! Heute ist man mit einem neuen Leib und einer neuen Seele aufgestanden. Die Straße hallt unter den Schritten und bereitet schon ihren Staub vor für den nächsten Föhnstoß, indessen auf der Wiese nebenan das Gras sprießt. Auf einem engen Platz, der zwischen den Häusern über dem Bachtobel hängt, machen zwei junge Mädchen Wäsche; sie haben warm und kühlen sich das Gesicht mit den feuchten Händen. Das Wasser auf ihren Lippen schmeckt noch nach Schnee. Die behinderte Dorothée kann von ihrem Bett aus den Frühling nicht sehen, aber ihre gelben Finger spielen mit den Sonnenkringeln auf der Decke. Alle Geräusche ge-

175

winnen einen neuen Ton in der kristallnen Luft, und man hört ihnen zu, als hätte man sie noch nie vernommen: Stimmen, die einander von weitem Antwort geben, das Weinen eines Kindes, der aufgeregte Schrei der Hennen, das Niederfallen der Scheiter, wenn die Axt sie gespalten hat. Man lauscht …

Jetzt hört man oben im Dorf das fröhliche Lärmen der Schulkinder, die in die Zehnuhrpause herauskommen und einen Hang herunterstürmen, daß Mistschollen und Steine mitkollern. Eines von ihnen ist etwas zurückgeblieben, blickt verträumt über die Wiesen und ruft plötzlich: »Oh, diese Kuh tut wie verrückt, wie sie den Sattel aufwirft!«

Es kommt in dieser Jahreszeit öfters vor, daß die Kühe ein paar Sprünge machen mit gesenktem Kopf und bösem Blick, den Schwanz hoch erhoben. Dann bleiben sie verdutzt stehen auf unsicheren Beinen. Aber bei dieser Kuh sieht man gleich, daß sie nicht so bald aufhören wird.

– Das ist Alexines Kuh, sagt ein Bub.

Jetzt sehen sie sie nicht mehr, dafür etwas anderes. Ein lichterloh brennendes Ding kommt auf sie zu, rennt und fällt, steht wieder auf und wälzt sich abermals. Die Kinder beginnen zu schreien. Jetzt haben es alle gesehen, die, welche den Garten bestellen, die Frau mit der Rebholzbürde, die waschenden Mädchen, der lesende Priester. Sie haben nicht sogleich begriffen. Wie hätten sie sie erkennen sollen? Sie war nur noch eine Fackel ohne Blick, ohne Schrei, ohne Stimme.

Und als sie bei ihnen ankam, sah man, daß sie ganz schwarz war, keinen Fetzen mehr auf dem halb verbrannten Leib trug, nur um die Füße noch ein wenig verkohltes Leder.

## S. Corinna Bille – Reportagen aus einem jenseitigen Land

»Ihre Augen waren kalt wie das Wasser und wechselten die Farbe wie das Wasser – je nach dem Grund, je nach dem Himmel …«

So beginnt die erste dieser Erzählungen, »Die Heilige«, welche der Autorin 1938 als erste Anerkennung den Novellenpreis des Institut Genevois eintrug. Und diese Worte kommen einem in den Sinn, wenn man an Corinnas eigenen Blick denkt. Diesen wasserfarbenen Blick, wie soll man ihn beschreiben? Kalt zuerst, ja. Eindringlich. Ein Blick, der sich nicht mit dem äußeren Schein begnügte. Unerbittlich, dachte man, wenn man sich zum erstenmal seiner Prüfung unterzog. Und dann, nach und nach, spürte man das Feuer. Diese Augen nahmen wahr, was die meisten andern nicht sahen.

Wenn heute jemand den *Douleurs Paysannes* einen Titel nach dem Tagesgeschmack geben müßte, würde er diese aus der Wirklichkeit geschöpften Geschichten ohne Zweifel »Reportagen aus einem jenseitigen Land« nennen.

Durch die Ebene rasen die Autos. Beton wird auf Beton geschichtet. Millionstel von Sekunden werden in seltsamen, immer seltsameren Maschinen gespeichert. Man spricht davon, ganze Rassen von Menschen, Pflanzen, Tieren methodisch auszurotten. Auf den Ozeanen versenkt

177

man Schiffe, die dreimal so groß sind wie Evolène. Und das Surren der Propeller, das Brummen der Motoren und die Explosion der Bomben und Rotterdam, Oradour, Hiroshima …

In diesem Wallis, wo sie lebt, weiß Corinna das alles. Das alles, was sich jenseits ihres Horizontes der Berggipfel und Lärchen abspielt.

Sie ist ein Kind des zwanzigsten Jahrhunderts. In ihrem Geburtsjahr, 1912, hat ihr Vater, der Maler Edmond Bille, ein Automobil erworben, das erste im Wallis. Im elterlichen Haus begegnet sie den großen Namen der modernen Literatur.

Alles, was diese Begegnungen ihr gebracht haben, wertet sie aus, um das Land zu beschreiben, in dem sie wohnt. So schreibt sie zum Beispiel über die Bewohner von Chandolin: »Sie stammen aus einem merkwürdig reinen und kahlen Land, wo schon das Atmen mehr Anstrengung erheischt als anderswo; es ist ein Land, das nichts Halbes erträgt, das einem absoluten Glauben ruft, ein Land ohne Kompromisse, das den Menschen aus sich herauszieht und aus ihm einen Heiligen oder ein Ungeheuer macht, selten einen Mittelmäßigen oder Gleichgültigen. Es hat nichts, und darum kann hier alles Platz finden. Der Mensch ist allein, darum kann man ihm hier noch begegnen.«

Mit ihrem wasserfarbenen Blick durchgeht sie geduldig Unglücksfälle und Verbrechen, die lokalen Ereignisse, ihre winzigsten Nachwirkungen. In diesen Dörfern, die (noch) nach Minze und Thymian riechen, spürt sie dem von der Geschichte Vergessenen nach, eben diesem ländlichen Schmerz. »Ich habe immer gern erfunden, aber oft wird das auch ausgelöst durch einen unmittelbaren, sehr heftigen Eindruck. Er kann von außen kommen: eine Zeitungsnotiz, ein Bild, eine selbsterlebte Geschichte oder eine, die mir jemand erzählt hat. Manchmal erschüttert mich eine Geschichte so sehr, daß sie in mir den Wunsch weckt, sie auszudrücken.«

Sie stellt fest: »Alle denken, nicht wahr. Aber ein einziger drückt es aus.«

Sie drückt aus. Ein Teilchen nach dem andern. Eine ganze Welt.

Ich habe bei Corinna immer diesen Schnittpunkt geliebt, wo sich in ihrem Blick das entschieden Moderne mit der Tradition kreuzt. In meinem Leben ist Corinna eine der seltenen Personen, mit denen ich im gleichen Atemzug über die Spitzen der Großmutter und über einen Dichter der Avantgarde diskutieren konnte.

Bei ihr gab es da keinen Bruch.

Ich traf sie hie und da im Hôtel des Voyageurs in Lausanne, wo sie immer abstieg, wenn sie in die Stadt kam. Unsere Beziehungen hatten schlecht begonnen. Als Neuling in der welschen Literaturszene wußte ich nicht, daß sie die Frau von Maurice Chappaz war, den ich in Freiburg allein kennengelernt hatte bei einem von den Studenten organisierten Literaturtreffen. Damals hatte er mir seinen großen epischen Roman *Le Match Valais-Judée* mit einer persönlichen Widmung in die Hand gedrückt. Diese Geste einer ihm ganz unbekannten Autorin gegenüber hatte mich gerührt. Ich begann ihm zu schreiben, er antwortete. Ich schickte ihm ein paar Texte mit Widmungen. Und eines Tages haben wir uns bei unserem gemeinsamen Verleger wieder getroffen. Bertil Galland begnügte sich nie damit, unsere Bücher herauszugeben. Es war ihm daran gelegen, daß wir miteinander ins Gespräch kamen. Und zu diesem Zweck schlug er uns Feste, Reisen vor. So bin ich Corinna begegnet.

»Ich bin sehr böse auf Sie, Cuneo«, erklärte sie mir gleich zu Beginn.

»Auf mich???«

»Ich finde es unzulässig, daß Sie Maurice schreiben, ohne von mir Notiz zu nehmen. Die Briefe, gut, das verstehe ich noch. Aber die Bücher könnten Sie uns beiden widmen, das ist doch das mindeste an Anstand. Und es ärgert mich um so mehr, als ich das, was Sie machen, recht gut mag.«

Ich gestand ihr mit unsicherer Stimme, ich hätte nicht gewußt ...

Sie sah mich lange an, und plötzlich lächelte sie. Dann kehrte sie mir den Rücken und überließ mich meiner Verlegenheit.

Einige Tage später schrieb sie mir einen Brief.

»Ich war sehr böse auf Sie, aber ich bin es nicht mehr.« Und sie lud mich ins Hôtel des Voyageurs zum Frühstück ein.

»Wenn ich es mir recht überlege«, sagte sie bei dieser Begegnung, »so finde ich es interessant, daß mich jemand nicht automatisch mit Maurice in Verbindung bringt. Ich habe manchmal befürchtet, nur noch als die Frau-von-Chappaz betrachtet zu werden.«

Wir sprachen nicht weiter darüber und ließen uns in die erste große Diskussion ein.

Es kam zwischen uns dies und jenes zur Sprache. Wir lasen die Zeitung, kommentierten sie, und unsere Gesprächsthemen waren zweifellos die von zwei Personen, welche aufmerksam die Ereignisse der siebziger Jahre verfolgten.

Sie hatte zwei Söhne und eine Tochter. Eines Tages wurde mir klar, daß sie sich auch deshalb mit mir unterhielt, weil sie den Eindruck hatte, ich könnte ihr helfen, ihre Kinder besser zu verstehen. Ich zeigte ihr gegenüber nicht die Zurückhaltung, mit der man später Vater oder Mutter begegnet, und sie hatte mir gegenüber nicht das Schamgefühl, das man vor seinen erwachsenen Kindern empfindet. Sie fragte mich unablässig aus, wie ich zu meiner Mutter stehe.

»Was denkt sie von dem? Von jenem?«

»Corinna, ich versichere Ihnen, ich weiß es nicht.«

»Haben Sie ihr diese Frage gestellt?«

»Nein.«

»Warum?«

»Aber … was meine Mutter darüber denkt, interessiert mich nur mäßig.«

»Ah, dann ist das also *normal!*«

Aus diesem Aufschrei des Herzens habe ich ihre Angst herausgehört. Es war die Zeit, wo ihre Tochter in Lausanne lebte und keine Beziehungen zu ihren Eltern unterhielt.

Die Fragen, welche Corinna stellte, waren immer unerwartet und darum aufwühlend. Sie verfolgte das Detail. Ein Detail, das mir unbedeutend erschienen war. Ihr nicht. Sie fragte nach und bohrte, bis das Loch wie bei einer Fallmasche größer wurde. Alle sehen zu, nicht wahr, aber nur einer sieht es genau. Doch sobald das Loch groß genug war, daß mein Blick hineindrang, war meine Reaktion immer dieselbe: Wie habe ich das nur übersehen können? Das springt ja in die Augen.

Der Name Corinna Bille begleitet mich seit der Zeit, als ich davon träumte, Schriftstellerin zu werden. Ich lernte ihn kennen durch die Guilde du Livre in Lausanne, welche 1951 *Le Sabot de Venus* herausbrachte und 1953 *Douleurs Paysannes*. Ich habe die beiden Bücher gekauft aus dem einzigen Grund, weil sie von einer Frau dieses Landes geschrieben waren, in dem ich mich unbedingt ansiedeln wollte, so sehr gefiel es mir. (Ich war damals noch ein Einwandererkind, das schlecht französisch sprach.) Ich habe die Bücher gelesen. Ich habe sie nicht verstanden.

Denn wie von Chappaz läßt man sich von Corinna Bille täuschen. Bei flüchtiger Lektüre könnte man meinen, sie sei eine Vertreterin der Heimatdichtung. Ihre besondere

Modernität entgeht sehr leicht dem oberflächlichen Blick. Corinna schreibt so wenig Heimatdichtung wie Caldwell, wie Faulkner. Sie beschreibt ländliche Gegenden, Alphütten, Weiden mit der gleichen Sorgfalt, die Howard Fast für seine Darstellung der zweiundvierzigsten Straße in New York aufwendet, mit derselben peinlichen Genauigkeit, mit der ein Chandler Los Angeles beschreibt. Corinnas Heimatboden ist wie Hollywood oder Manhattan auf die Ebene des Allgemeingültigen gehoben. Lesen Sie doch die *Cent petites histoires cruelles, La Demoiselle sauvage*. Sie befinden sich rasch in einer Welt, die nicht auf eine bestimmte Lichtung oder Dorfstraße, kurz, auf die Kulisse dieser Geschichten beschränkt ist. Sie sind in den weiten Räumen einer Phantasiewelt, welche das Wallis zum Hintergrund hat, aber weit darüber hinausreicht. Diese Gestalten haben ein Eigenleben, das auch den Lauf Ihres Lebens verändern kann.

Die Menschen, welche Corinna Bille schildert, gehören nie dem Durchschnitt an. »Ich war immer, seit meiner Kindheit, beeindruckt vom Tragischen im Leben, von unmöglicher Liebe. Dabei bin ich von Natur eher lustig, fröhlich und lache gern. Aber vielleicht drückt man sich schriftlich aus, weil man sich selbst nicht gut kennt. Das ist eine Art, aus sich herauszutreten. Das Schreiben erlaubt uns, durch unsere Gestalten hindurch andere Leben zu leben, und das schafft einen gewissen Ausgleich ... Meine bevorzugten Figuren sind die Säufer, die Verbrecher und die Verrückten.«

Diese Geschichten – die Corinna in einem kristallklaren Ton erzählt, der an den Klang ihrer Stimme erinnert und ihn lebendig bewahrt – berichten von offener oder verhaltener Gewalt, von Leidenschaften und Tod und stehen den extremsten Forderungen eines Rimbaud oder Artaud nicht fern.

Es ist für uns Leser ein Glück, daß Corinna sich in einer

bevorzugten Lage befand. Während die Generation unserer Eltern (zu der sie auch gehörte), uns den Beton besingen lehrte, die Autobahnen und den Fortschritt einer Geschwindigkeit, die ihren Zweck nur in sich selber fand, versenkte sich Corinna in die Natur, in eine bedrohte, im Verschwinden begriffene Natur. Aber doch noch wahrnehmbar, beschreibbar für sie, die sie an einem Wendepunkt erlebte, ohne darob die Welt der Moderne zu vergessen. Ganz beiläufig erfahren wir, daß sie eines Tages mit ihrer Freundin, der Photographin Suzy Pilet, durch den Pfynwald wanderte und dazu Arien aus der Dreigroschenoper vor sich hin pfiff. Sie amtete als Scriptgirl, als Ramuz' Film *Rapt* gedreht wurde. Sie liebt Paris – »ich habe mein Herz an diese Stadt gehängt wie an ein Lebewesen« – wie sie das Wallis liebt: »Das bäuerliche Wallis, das uns umgab, hatte damals großen Stil. Es prägte dem Kalender seinen Lebensrhythmus auf. Es mußte mich unweigerlich faszinieren. Ich war in Paris von ihm entwöhnt worden. Jetzt verliebte ich mich in die Bauern.«

Sie hat den leidenschaftlichen Willen, das Wallis darzustellen, aber es ist Dos Passos, ein Vertreter der Avantgarde gegen Ende der zwanziger Jahre, der den Entschluß bei ihr auslöst.

»Ich las. Alle Arten von Büchern. Aber dann überraschte mich ein aus dem Amerikanischen übersetzter Roman: *Manhattan Transfer* von John Dos Passos. Noch nie hatte ich Leute so existieren, schreien, verschwinden und wieder erscheinen sehen zwischen den Seiten … Diese unerwartete Literatur gab mir den entscheidenden Anstoß. Sie brachte in mir das Schreibtier zur Welt. In einer einzigen Nacht faßte ich den Entschluß, Schriftstellerin zu werden. Das war meine Nachtwache vor dem Ritterschlag.«

Im Aufschwung dieses Entschlusses beginnt sie, sich Rechenschaft zu geben. Das Bewußtsein, daß da eine alte Welt unwiederbringlich verlorengeht, weil die neue nachdrängt, ermöglicht es ihr, mit erschreckender Genauigkeit auszudrücken, was alle fühlen, aber nur ein paar wenige mit Worten einkreisen können.

»Das frühere Leben auf dieser Erde erschien uns als eine faszinierende, dem Untergang geweihte Welt. Wir fühlten uns den nomadisierenden Bauern verbunden, die seither verschwunden sind, aufgesogen vom landwirtschaftlichen und touristischen Amerikanismus. Ich litt weniger als Chappaz unter dieser Veränderung, denn ich begriff, daß vor allem den Frauen ein weniger hartes Leben zu gönnen war. Konnten sie nicht ihre Chance wahrnehmen in dieser Ablösung des Patriarchalischen durch die Industriegesellschaft? Ich hatte die *Douleurs Paysannes* geschrieben, dann *Theoda* … dann einen zweiten Roman, *Le Sabot de Vénus*.

Diese zartfühlenden Säufer, diese närrischen alten Jungfern, diese geheimnisvollen Männer im Bocksfell mit Schellen am Gürtel, das Gesicht hinter einer großen Holzmaske versteckt, die in den Straßen von Ferden vor dem Photographen davonlaufen, die jungen Statuenträgerinnen, welche mit einem Blick ihr Schicksal an einen Arbeiter aus dem Süden knüpfen, ja, sie alle gehören jetzt zu meinen Gestalten. Und die Wälder am Corbetschgrat, die Rhone mit ihren weißen Sandbänken, in denen ich jahrelang herumstreifte, sind jetzt die Kulisse von *La Fraise noire* geworden. Aber die sechzehnjährige Reiterin, die ihren Bruder liebt, ohne zu wissen, daß er ihr Bruder ist? Die sanfte Jeanne, dieses amoralische Geschöpf, die das Leben eines Dorfes durcheinanderbringt? Die verliebte Maske, welche das kleine Mädchen entführt? Woher kommen sie? Ich habe sie erfunden, aber sie sind aus meinem Unbewußten aufgestiegen mit einer Echtheit, die mich manchmal bestürzt. Es kommt vor, daß mir erst, wenn ich sie gestaltet habe, bewußt wird, warum sie so handeln. Es fällt mir auch sehr schwer, mich über mein Werk zu äußern. Kein schöpferisches Wesen kann ein zusammenhängendes Bild von seinem Werk geben, so lange es noch von ihm in Anspruch genommen ist.«

Berühmtheit hat Corinna erst spät erlangt. Der Prix Goncourt hat ihre Novellen 1975 ausgezeichnet, vier Jahre vor ihrem Tod.

Aber zu diesem Zeitpunkt haben ihre Geschichten schon lange auf einer anderen Ebene ihren Weg gefunden. Langsam, beharrlich, wie die alte Agatha, die zu Fuß nach Sitten geht, um von »diesen Herren« Unterstützung zu erbitten, und deren Geschichte mitgeholfen hat, 1947 die AHV in der Schweiz durchzusetzen.

All diese Dinge habe ich erst später entdeckt. Zwischen 1973 und 1978 waren sie mir noch nicht bekannt. Corinna sagte nichts davon. Ich las ihre Bücher wie irgendeine Leserin. Sie bezauberten mich, und ich fragte mich nicht, warum.

Ich habe die Erinnerung an ein sehr langes Gespräch bewahrt, eines der letzten beim Frühstück im Hôtel des Voyageurs. Wir fragten uns, ob das Gedächtnis eine Funktion des Intellekts oder des Gefühls sei. Es ging um mein Buch *La Machine fantaisie,* wo ich auch die kleinsten Vorkommnisse bei der Entstehung eines Schweizerfilms beschrieben habe.

»Man ist verblüfft, wenn man dieses Buch liest«, rief sie aus. »Wie kann man das alles im Kopf behalten? Ich habe mir die gleiche Frage bei Eckermanns Gesprächen mit Goethe gestellt. Sie haben ja keine Zeit mehr, Gefühle zu empfinden, während Sie Ihr Gedächtnis so anstrengen.«

»Im Gegenteil. Mein Gedächtnis ist gefühlsgebunden. Wenn ich nicht leidenschaftlich liebe, was ich tue, bleibt es mir nicht. Das geht Ihnen auch so. Wenn Sie das Wallis nicht leidenschaftlich liebten, würden diese Geschichten Sie nicht rühren, und Sie könnten sie nicht behalten. Vielleicht sind wir, wenn wir Rechenschaft ablegen, das Gedächtnis derer, die wir lieben.«

Da hellten sich ihre Züge auf, und sie sagte mit glänzenden Augen: »Es hat etwas Beruhigendes zu denken, daß nach uns eine kleine Kerze zurückbleibt, die an uns erinnert, wie die Sturmlaternen, die man aufs Fensterbrett stellt, damit die in der Nacht Verirrten merken, daß sie nicht allein sind.«

Dieses Gespräch fiel mir wieder ein, als ich *Douleurs Paysannes,* das jetzt auf deutsch erscheint, nochmals durchlas. Zu diesem Anlaß schrieb mir Maurice Chappaz: »So faßt Corinna Fuß in einem neuen Sprachraum.«

Ein Sprachraum, eine Kultur, in die sich, wie Corinna sagen würde, jemand einschleicht ... »Er streicht zuerst um die Häuser, die Bäume, die Brunnen herum, so gründlich ringsum, daß sie ihr Aussehen verändern und auch ihre Farbe. Dann dringt er einem ins Herz hinein, und das Herz beginnt zu keuchen, aber man kann nicht wissen, ob aus Freude oder aus Not. Man sieht ihn nicht, man atmet ihn ein, er bringt einen kräftigen Erdgeruch mit, er ist lau, er formt den Körper, und die, welche vergessen haben, daß sie einen besitzen, erinnern sich wieder daran ...« In *Agatha* beschreibt sie so den Frühling.

Ich hoffe, das stimme auch für Corinnas Gestalten und deren Leidenschaften, für die Walliser Landschaft mit ihren Farbtönen und Gerüchen.

Ich bin überzeugt, daß Corinna Billes Werk eine Zukunft hat. Die Erde verändert sich. Aber sie bleibt unsere fruchtbare Nährmutter, und eines nicht allzu fernen Tages wird es für uns zweifellos wertvoll sein, uns an das zu erinnern, was jahrhundertelang das harte Dasein der Bauern war.

Während wir diese Übergangszeit durchleben, in der Plünderung, Zerstörung und das Vergessen der Vergangenheit an der Tagesordnung sind, bleiben Corinna und ihr Werk die in der Nacht angezündete Sturmlaterne einer Welt, in der die heute so unscheinbaren bäuerlichen Werte einer der kostbarsten Schätze des kollektiven Unterbewußten sind, die Topographie eines jenseitigen Landes.

30. November 1988                                    Anne Cuneo

# QUELLEN

Es handelt sich vorwiegend um unveröffentlichte Quellen, Notizen von Interviews im Fernsehen oder im Radio, private Aufzeichnungen, Briefe, Gespräche mit Corinna Bille zwischen 1973 und 1979, Diskussionen mit Maurice Chappaz. Im übrigen verweise ich auf das Buch von Gilberte Favre: *Corinna Bille, Le vrai conte de sa vie* (Ed. 24 Heures, Lausanne 1981), wo einige meiner Quellen vollständiger zu finden sind. Es ist eine wunderbare, reich illustrierte Biographie der Dichterin, die Gilberte Favre persönlich gekannt hat. Sie enthält auch eine Bibliographie.

Die von mir zitierten Erzählungen sind »Die Heilige« und »Agatha« aus der vorliegenden Übersetzung der *Douleurs Paysannes*.

Bitte beachten Sie
die folgenden Seiten

# Literatur aus der Schweiz

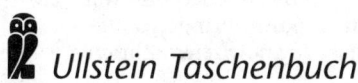

*Ullstein Taschenbuch*

## Anne Cuneo
## Dark Lady
Ein Roman um Shakespeares große Liebe
Aus dem Französischen von Peter Sidler
400 Seiten, gebunden
Limmat Verlag
ISBN 3-85791-319-3

Wer ist die »Dark Lady« der Sonette Shakespeares?
Emilia Bassano – die stolze Frau, die Musikerin und Englands
erste Autorin, die veröffentlicht wurde.
Um sie, die große Liebe des großen Theatermannes, kreist
Anne Cuneos historischer Roman. Er läßt den farbigen
Alltag der elisabethanischen Epoche wiederaufleben, das tur-
bulente Leben um das Globe Theatre, und in dessen
Mittelpunkt Shakespeare – schreibend, spielend, inszenie-
rend, reisend, liebend...
» Jede Seite des Buches ist eine Liebeserklärung an das
Theater und an die Literatur. »
*Le Nouveau Quotidien,* Lausanne

## Anne Cuneo
## Der Lauf des Flusses
Das Leben und die Abenteuer des Francis Tregian,
Gentleman und Musiker
Aus dem Französischen von Peter Sidler
620 Seiten, gebunden
Limmat Verlag
ISBN 3-85791-233-2

Francis Tregian lebte in Cornwall zur Zeit der Königin
Elisabeth, jener Königin, die Maria Stuart hinrichten ließ.
Seine Familie war katholisch, sein Vater wurde deshalb ins
Gefängnis gesteckt und der Familienbesitz beschlagnahmt.
Der junge Francis floh nach Frankreich, später tauchte er in
Mantova auf, lebte in Rom, Amsterdam, Antwerpen, Basel,
Paris und wiederum in England – die Geschichte Europas
war Teil seines eigenen Lebens und seiner Familie geworden.
Und er spürte, am Ende einer Epoche zu leben und war neu-
gierig auf das, was ihm die Zukunft bringen sollte.
»Ein literarisches Ereignis!« *Tages-Anzeiger,* Zürich